내 귀에 해설이 들려 1

설경구 현대 판타지 소설

초판 1쇄 찍은 날 § 2020년 5월 21일
초판 1쇄 펴낸 날 § 2020년 5월 28일

지은이 § 설경구
펴낸이 § 서경석

총괄팀장 § 노종아
편집책임 § 최이슬
디자인 § 소소연

펴낸곳 § 도서출판 청어람
등록번호 § 제387-1999-000006호
등록일자 § 1999. 5. 31
어람번호 § 제1-3050호

주소 § 경기도 부천시 부일로 483번길 40 서경B/D 3F (우) 14640
전화 § 032-656-4452 팩스 § 032-656-4453
http://www.chungeoram.com
E-mail § chungeorambook@daum.net

ⓒ 설경구, 2019

ISBN 979-11-04-92191-9 04810
ISBN 979-11-04-92190-2 (세트)

내
귀에
해설이
들려

설경구 현대 판타지 소설

MODERN FANTASTIC STORY

Royals

1

청람

내 귀에 해설이 들려

목차

제1장

부우웅.

교연 피콕스의 5번 타자 김태풍이 힘껏 휘두른 배트가 허공을 갈랐다.

"스트라이크아웃!"

주심이 삼진을 선언한 순간, 한성 비글스의 감독 양두호가 안도의 한숨을 내쉬었다.

'이제 남은 아웃카운트는 하나!'

12회 말, 교연 피콕스의 마지막 공격이 진행되고 있는 현재 스코어는 11—10.

한성 비글스가 한 점 앞서고 있었다.

김태풍이 삼진으로 물러나며 상황은 1사 1, 2루에서 2사 1, 2루로 바뀌었다.

마운드에 서 있는 팀의 마무리투수 이명수가 아웃카운트 하나만 더 잡아낸다면, 한성 비글스는 지긋지긋했던 7연패에서 빠져나올 수 있었다.

'김태풍을 잡았으니까 이제 중심타선을 상대하지 않아도 돼. 그리고 피콕스에는 대타 요원도 남아 있지 않아. 남은 아웃카운트 하나만 더 부탁한다!'

양두호가 지친 기색이 역력한 이명수를 바라보며 속으로 외쳤다.

한성 비글스가 7연패에 빠지자, 극성팬들을 중심으로 감독 경질을 요구하는 여론이 일기 시작한 상황.

양두호의 입장에서는 연패에서 빠져나오는 것이 절실했다.

그런 양두호의 바람이 통한 걸까.

슈악.

딱!

둔탁한 타격음이 들려온 순간, 양두호가 속으로 쾌재를 불렀다.

'됐다!'

타자가 휘두른 배트 상단에 맞은 타구는 멀리 뻗지 못했다.

우중간으로 날아가는 타구의 코스는 좋았지만, 높이 솟구쳤기에 중견수가 비교적 여유 있게 처리할 수 있는 타구였다.

'드디어 연패를 끊었다!'

길었던 연패를 마침내 끊어냈다는 생각에 양팔을 들어 올리고 환호하던 양두호의 표정이 이내 무섭게 굳어졌다.

타다다닷.

낙구 지점을 향해 빠른 속도로 달려오는 우익수 박건의 모습이 보였기 때문이었다.

아니, 보였다는 표현은 어울리지 않았다.

낙구 지점을 미리 예상하고 빠르게 도착해서 기다리고 있는 중견수 최진수를 바라보고 있던 양두호의 시야에 박건이 불쑥 끼어들었다고 표현하는 게 맞았다.

"멈춰!"

양두호가 소리쳤다. 그리고 소리를 친 것은 양두호만이 아니었다.

"마이볼. 내가 잡아! 내가 잡는다고!"

우익수 박건이 다가오는 것을 뒤늦게 알아챈 중견수 최진수도 소리쳤다. 그렇지만 아무 소용이 없었다.

쿵!

최진수와 박건이 부딪치면서 거의 동시에 바닥에 쓰러졌다.

최진수가 글러브를 쭉 뻗으며 타구를 잡아내기 위해서 마지막 순간까지 노력했지만, 헛수고였다.

툭. 툭. 데구르르.

우중간에 높이 솟구쳤던 타구는 그라운드 위에 떨어졌다.

그사이, 피콕스의 2루 주자와 1루 주자가 모두 홈플레이트를 통과하면서 스코어는 역전됐다.

최종 스코어 11—12.

한성 비글스의 8연패가 확정된 순간, 양두호가 모자를 벗어 거칠게 바닥에 내동댕이쳤다.

"저 자식, 왜 내보냈어?"

코치들은 마치 약속이라도 한 듯 일제히 양두호의 시선을 피했다.

"남은 야수 자원이 없어서……."

잠시 후, 수비 코치가 기어 들어갈 듯 작은 목소리로 변명을 꺼낸 순간, 양두호가 바닥에 내동댕이쳤던 모자를 발로 걷어찼다.

'내 탓이네!'

오늘 경기는 무슨 일이 있어도 잡아야 된다.

이런 절박한 마음이 강했기에 느긋하게 경기 운영을 하지 못했다.

찬스가 올 때마다 대타 요원을 기용하다 보니 외야수 자원이 부족해졌고, 엔트리에 남아 있던 마지막 외야수 자원인 박건이 12회 말 우익수 수비에 나섰던 것이었다.

'빌어먹을!'

양두호가 분을 참지 못하고 코치들을 향해 소리쳤다.

"저 자식, 다시는 내 눈에 띄지 않게 해. 두 번 다시 1군 무대에 발도 붙이지 못하게 만들라고. 내 말, 무슨 뜻인지 알아들었지?"

＊　　　＊　　　＊

'아이 라이크 베이스볼'.

스포츠전문채널인 NBS SPORTS의 프로그램 중 하나였다.

그날 각 구장에서 열렸던 야구 경기의 하이라이트를 편집해서 보여주고, 아나운서 최희영과 해설위원들이 경기 내용을 분석하는 것이 프로그램의 주요 포맷.

이용운은 '아이 라이크 베이스볼'에 해설위원으로 출연하고 있었다.

"한성 비글스와 교연 피콕스, 교연 피콕스와 한성 비글스의 3연전 마지막 경기 하이라이트를 함께 보고 왔습니다. 오늘 두 팀의 대결. 연승을 이어가며 상위권으로 도약하려는 교연 피콕스와 7연패의 수렁에서 빠져나오려는 한성 비글스, 양 팀 모두 꼭 승리가 필요했던 경기인 만큼 무척 치열한 접전이 펼쳐졌는데요. 먼저, 정만철 해설위원님. 오늘 경기 어떻게 보셨습니까?"

아나운서 1명과 해설위원 2명.

'아이 라이크 베이스볼'의 출연진 구성이었다.

야구팬들 사이에서 여신이라 불리고 있는 최희영 아나운서가 먼저 정만철 해설위원에게 발언권을 넘겼다.

"연장 12회까지 가는 접전, 12—11이라는 최종 스코어에서도 알 수 있듯이 무척 재밌는 경기였습니다. 한 시즌을 통틀어도 몇 번 나오지 않을 정도의 명승부였는데요. 제가 판단하는 오늘 경기 승부의 분수령은 양 팀의 승리에 대한 의지였습니다. 상위권으로 도약하려는 교연 피콕스 선수들의 승리에 대한 의지가 긴 연패를 끊으려는 한성 비글스 선수들의 의지보다 더 강했기 때문에 교연 피콕스가 승리를 거두었다고 생각합니다."

'의지 같은 소리 하고 있네!'

정만철 해설위원의 분석이 끝난 순간, 이용운이 눈살을 찌푸렸다.

승리에 대한 의지의 차이가 승부를 갈랐다는 이야기.

얼핏 들으면 그럴듯해 보였다.

그러나 대한민국에 프로야구가 정착된 지도 어느덧 30여 년.

팀을 우승시켜서 본인의 몸값을 올리겠다는 뚜렷한 목표가 있는 프로선수들의 승리에 대한 의지는 모두 강했다.

그러니 정만철 해설위원의 분석은 구시대적이라고 해도 과언이 아니었다.

'핵심은 다 비껴간 두루뭉술한 분석!'

비유를 하자면 앙꼬 빠진 찐빵이나 다름없는 분석이었다. 그리고 정만철 해설위원이 핵심을 비껴간 분석을 하고 있는 이유는 짐작이 갔다.

'친분 때문이겠지!'

정만철 해설위원은 한성 비글스의 프랜차이즈 스타로서 화려한 선수 생활을 보냈다.

당연히 현재 한성 비글스의 감독인 양두호를 비롯한 코치진과도 무척 가까운 사이였다. 그래서 직접적인 비난이나 날 선 비판을 하지 못하는 것이었다.

"이용운 해설위원님은 이 경기, 어떻게 보셨어요?"

그렇지만 이용운은 정만철과 달랐다.

1군에서 뛴 통산 경기수가 100게임에도 미치지 못했을 정도로 이용운은 선수 시절에 빛을 보지 못했다.

일찌감치 선수 생활을 접고 중학교 야구부 감독 생활을 시작했기에 현재 프로야구계에 가깝게 지내는 지인들이 거의 없다시피 했다.

그래서 평소 거침없이 비난이나 비판을 쏟아내는 편이었다.

오죽하면 이용운에게 '해설계의 독설가'라는 별명이 붙었을까.

"저는 정만철 해설위원과는 의견이 좀 다릅니다."

이용운이 운을 떼자, 최희영 아나운서가 흥미를 드러냈다.

"어떻게 의견이 다르세요?"

"저는 양 팀의 승부가 갈린 것이 승리에 대한 의지의 차이 때문이 아니라고 판단했습니다. 오히려 승리를 하고자 하는 의지는 교연 피콕스 선수들보다 한성 비글스 선수들이 더 강했습니다. 아시다시피 한성 비글스 팀이 긴 연패에 빠지면서 수장인 양두호 감독 경질설이 흘러나오고 있는 만큼, 선수들도 연패를 끊고자 하는 동기가 존재했으니까요. 그럼에도 한성 비글스가 경기에서 패한 진짜 원인은 다른 곳에 있다고 생각합니다."

"그럼 이용운 해설위원님은 어떤 부분을 한성 비글스의 패인이라고 판단하시는 겁니까?"

"치명적인 실책에 발목이 잡혔죠. 12회 말, 2사 1, 2루 상황에서 한성 비글스의 마무리투수인 이명수 선수는 외야 뜬공을 유도해 냈습니다. 우중간 코스이긴 했지만, 높이 솟구쳤던 만큼 중견수 최진수 선수가 충분히 잡아낼 수 있는 공이었습니다. 그런데……."

"잠시만요."

최희영 아나운서가 이용운의 말을 도중에 잘랐다.

"영상을 보면서 계속 얘기하시죠."

모니터에 당시 경기 영상이 재생되기 시작한 순간, 이용운도 다시 설명을 이어갔다.

"바로 이 부분입니다. 화면을 보면 알 수 있듯이 중견수 최진수 선수는 이미 낙구 지점 예측을 마치고 미리 도착해서 기다리고 있었습니다. 그런데 우익수로 출전한 박건 선수가 최진수 선수와 부딪히면서 두 선수 모두 포구에 실패했고, 이 결정적인 실책으로 인해서 한성 비글스는 경기에서 패하고 말았던 거죠."

"마지막 타구를 잡아서 연패를 끊으려고 했던 선수들의 의지가 너무 강했던 것이 치명적인 실책으로 이어지면서 오히려 독이 됐다. 이렇게 표현하면 될까요?"

최희영의 말이 끝나자마자, 이용운이 단호하게 고개를 흔들었다.

"이건 의지의 문제가 아닙니다. 콜플레이가 전혀 되지 않았던 만큼 기본기가 부족했던 거죠. 특히 박건 선수의 플레이는 과연 1군에서 뛰는 프로선수가 맞는가 의심이 들 정도로 함량 미달이었습니다."

이용운이 모니터에서 시선을 떼지 않은 채 분석했다.

그런 그가 잠시 후 두 눈을 빛냈다.

중견수 최진수와 부딪치고 쓰러졌던 한성 비글스의 우익수 박건이 벌떡 일어나는 모습이 보였다.

그런 그가 바닥에 구르던 공을 잡자마자 홈으로 송구했다.

빨랫줄처럼 쭉 뻗어간 박건의 홈송구는 강하고 정확했다.

원바운드로 정확하게 홈플레이트 앞에서 기다리고 있던 포수의 미트로 공이 빨려 들어갔다.

2사 후여서 1루 주자가 일찌감치 스타트를 끊었음에도 불구하고, 홈에서 접전이 벌어졌을 정도였다.

물론 박건의 빠르고 정확한 홈송구에 주목한 사람은 없었다.

박빙이었던 홈에서의 승부는 세이프가 선언됐고, 끝내기 안타를 때리고 환호하는 교연 피콕스 타자에게로 바로 화면이 전환되었기 때문이다.

이용운 역시 마찬가지였다.

승부를 가른 콜플레이 미스로 인한 결정적인 실책에 주목하고 있었던 터라, 박건의 홈송구는 지금에서야 확인했다.

'이 녀석, 어깨가 이렇게 좋았어?'

이용운이 내심 감탄하고 있을 때였다.

"이용운 해설위원님, 분석이 끝나신 겁니까?"

최희영 아나운서의 질문을 듣고 이용운이 상념에서 깨어났다.

"아직 안 끝났습니다. 한성 비글스의 패인이 하나 더 있거든요."

"무엇입니까?"

"양두호 감독의 조급함입니다. 연패에서 빠져나오기 위해서 양두호 감독은 대타 카드를 남발하면서 잦은 선수교체를 했습니다. 오늘 두 팀의 경기가 연장전으로 돌입할 것을 대비하지 못했던 거죠. 그로 인해 외야수로 활용할 수 있는 선수 자원이 고갈됐고, 결국 프로선수로서 수준이 함량 미달인 박건 선수를 우익수로 기용할 수밖에 없었던 겁니다. 다시 말해 오늘 경기의 승패를 가른 결정적인 실책을 범했던 것은 박건 선수가 맞지만, 박건 선수를 우익수로 기용할 수밖에 없는 상황을 만들었던 양두호 감독의 책임이 더 큰 셈이죠."

이용운이 말을 마친 순간, 잠시 침묵이 흘렀다.

'너무… 과했나?'

스튜디오의 분위기가 심상치 않음을 느끼고 이용운이 고개를 돌렸다.

예상대로 정만철과 최희영은 이용운에게 강렬한 시선을 던지고 있었다.

'누가 그걸 몰라서 말하지 않은 줄 알아요?'

'참 한결같으시네요!'

그 시선들에 담긴 의미였다.

잠시 후, 최희영 아나운서가 서둘러 입을 뗐다.

"이용운 해설위원님의 날카로운 분석, 잘 들었습니다. 다음으로 넘어갈까요? 이번에는 대승 원더스와 마경 스왈로우스가 펼친 경기의 하이라이트 영상을 보고 나서 다시 두 분과 말씀 나누겠습니다."

모니터에 양 팀의 오늘 경기 하이라이트 영상이 떠올랐지만, 이용운은 집중하지 못했다.

조금 전 모니터를 통해 봤던 박건의 인상적일 정도로 강했던 홈송구가 자꾸 떠올랐기 때문이었다.

이용운이 참지 못하고 정만철에게 고개를 돌리며 물었다.

"아까 홈송구 봤어?"

그렇지만 정만철은 대답하지 않았다.

'당신과는 말조차 섞기 싫다!'

경멸 어린 시선을 던지던 정만철이 한숨과 함께 고개를 절레절레 흔드는 모습이 이용운의 눈에 들어왔다.

*　　　*　　　*

"2군으로 다시 내려가라는 지시가 떨어졌다."

수비 코치 김태형의 통보를 받은 직후, 박건은 군말 없이 짐을 싸서 다시 2군으로 내려왔다.

'딱 보름 만이네.'

어렵사리 기회를 잡아 다시 밟았던 1군 무대였다.

그렇지만 1군 무대에서 박건이 버틴 시간은 보름뿐이었다.

그사이 박건은 고작 한 경기에 출전했다.

그조차도 선발 출전을 했던 것이 아니었다.

12회 말에 대수비로 투입됐던 터라, 박건은 타석에 서볼 기회조차 없었다.

'너무 기회가 적었어!'

1군 무대에 올라갈 기회를 잡기 위해서 어느 누구보다 열심히 훈련했다.

덕분에 무척 오래간만에 다시 1군에 콜업 될 수 있었지만, 박건이 가진 능력을 보여줄 기회는 제대로 주어지지 않았다.

그러니 어찌 아쉽지 않을까.

하지만 누굴 탓하기도 어려웠다.

교연 피콕스와의 경기에 대수비로 출전했던 박건은 결정적인 수비 실책을 범했다.

그 실책으로 인해 한성 비글스는 거의 다 잡았던 경기를 놓치며 8연패의 깊은 수렁에 빠지고 말았다.

단순한 1패가 아니었다.

그날 경기의 패배로 인해 경질설이 돌고 있었던 양두호 감독은 더욱 궁지에 몰렸으니까.

"저 자식, 혼자 잘난 척하더니 별것도 없네."

"오, 스파이 돌아왔네."

"선배, 스파이가 아니라 엑스맨이라고 하는 겁니다."

"그거나 그거나. 그나저나 누가 저 자식한테 엑스맨 역할을 맡겼을까?"

"백 수석이 아닐까요? 백호길 수코가 한성 비글스 감독직에 욕심을 내고 있다는 소문 파다하지 않습니까?"

"스파이인지 엑스맨인지 몰라도 임무는 완수했네. 그런데 안됐네. 양 감독님이 다음 경기에서 승리하면서 경질 위기에서 벗어나 버렸으니까. 그래서 백 수석이 감독 대행으로 못 올라갔으니까."

"뭐, 낙동강 오리알 신세 된 거죠."

2군으로 돌아온 박건이 혼자서 밥을 먹고 있을 때, 수군대는 소리가 들려왔다.

'엑스맨이라!'

꾹꾹 밥을 씹던 박건이 쓰게 웃었다.

저들은 단단히 오해하고 있었다.

박건은 양두호 감독을 경질시키라는 엑스맨 임무를 부여받고 1군에 콜업 됐던 것이 아니었다.

그렇지만 양두호 감독이 박건이 저지른 실책 때문에 경질될 뻔했으니, 결과적으로는 엑스맨 역할을 하고 2군으로 돌아온 셈이었다.

'오해하기 딱 좋은 상황이네!'

입맛이 없었다.

그래서 박건이 수저를 내려놓으며 한숨을 내쉬었다.

물론 박건에게도 변명거리는 있었다.

'우익수가 아니라 좌익수로 출전했으면 이런 사달이 안 벌어졌을 것 아냐?'

박건의 주 포지션은 좌익수였다.

물론 외야수 자원이기는 했지만, 박건은 좌익수로 출전하는 것을 고집했다.

그리고 거기에는 이유가 있었다.

오른쪽 귀에 이상이 있기 때문이었다.

박건의 왼쪽 귀는 정상 청력이었지만, 오른쪽 귀는 난청이 심했다.

가까이서 이야기하는 것조차 잘 들리지 않을 정도로.

지금도 마찬가지였다.

만약 자신을 향해 엑스맨이라고 수군거리는 2군 선수들이 자신의 왼편이 아니라 오른편에 위치해 있었다면?

아마 그들의 이야기가 들리지 않았을 것이었다.

그런 이유로 박건은 좌익수 수비위치를 고집했던 것이었는데, 양두호는 그 사실을 전혀 알지 못했다. 그래서 박건에게 우익수로 출전하라는 지시를 내렸고, 그 지시로 인해 이런 사달이 발생했던 것이었다.

*　　　*　　　*

기이이잉.

처음 오른쪽 귀에 이명이 들리는 난청이 생겼다는 것을 알게
됐을 때만 해도, 박건은 크게 걱정하지 않았다.

'이러다 말겠지.'

가볍게 여기며 난청이 사라지기를 기다렸다.

그렇지만 시간이 흘러도 난청은 사라지지 않았다.

오히려 이명이 점점 더 심해지기 시작한 순간, 박건은 비로소
심각성을 느끼고 병원을 찾아갔다.

난청의 원인은 뇌진탕.

퓨처스 리그 경기 도중에 머리 부상을 입었고, 그때, 달팽이관
이 손상됐던 것이 난청이 찾아왔던 이유였다.

더 절망적인 점은 난청을 치료할 방법이 없다는 것이었다.

"안타깝지만 치료법은 존재하지 않습니다. 현재 환자분의 오른쪽
귀의 청력은 정상 청력의 50% 수준이지만, 점점 더 나빠질 겁니다.
그리고 더 시간이 흐르면 오른쪽 귀로 듣지 못하게 될 겁니다."

당시 의사가 내렸던 진단.

박건에게는 청천벽력이나 마찬가지였다.

그렇지만 박건은 이 사실을 숨겼다.

야구선수 생활을 계속 이어나가기 위해서였다.

그래도 왼쪽 귀는 멀쩡하니 야구선수 생활을 하는 데 이상이
없는 것 아니냐?

이렇게 간단하게 생각할 수도 있지만, 절대 그렇지 않았다.

배트에 맞은 타구의 소리, 투수가 던진 공이 미트로 파고드는

소리, 그리고 관중들의 환호성까지.

야구선수는 소리에 민감할 수밖에 없었다. 그런데 한쪽 귀가 들리지 않게 된다면, 정상적인 플레이를 펼치기 어려워진다.

게다가 균형감각에도 이상이 생길 수밖에 없었다.

코치진들이나 다른 선수들에게 자신의 청력에 이상이 있다는 사실을 들키지 않기 위해서 박건은 기존보다 배 이상 노력하고 매사에 각별히 신경을 써야 했다.

그게 다가 아니었다.

일상생활에서 의사소통을 할 때도 문제가 생겼다.

오른편에서 들려오는 이야기는 놓치기 일쑤였고, 그로 인해 박건을 이상하게 바라보는 시선이 늘어났다.

'이런 식이라면 들키는 건 시간문제다!'

숙소 생활을 하고 있으니, 동료들과 대화를 완전히 차단할 수는 없었다.

그로 인해 위기감을 느낀 박건이 찾아낸 해법.

자신에게 말을 걸어오는 동료 및 선후배들을 아예 무시하는 것이었다.

덕분에 박건은 청력에 이상이 있다는 사실을 감출 수 있었지만, 그 대가로 시건방진 놈이라는 낙인이 찍혔다.

'여기까지인가?'

박건이 재차 한숨을 내쉬었다.

어떻게든 선수 생활을 계속 이어나가고 싶었다.

그러나 자신의 실책으로 인해 양두호 감독이 하마터면 경질될 뻔했던 위기에 처했다는 것을 알게 된 순간, 박건은 한계에

다다랐다는 생각이 들었다.

'나로 인해 다른 사람들이 피해를 입는 상황에서 계속 야구를 하는 게 맞을까?'

열심히 노력하면, 남들보다 배 이상 노력하면 청력 이상이라는 장애를 딛고 계속 야구선수 생활을 이어나갈 수 있다는 자신의 판단이 틀렸다는 것을 깨달은 순간, 박건은 스스로 던졌던 질문에 대한 답을 찾아냈다.

"이제… 진짜 그만두자."

＊　　　＊　　　＊

"이 위원님, 많이 고민해 봤는데 재계약은 힘들 것 같습니다."

NBS 스포츠채널의 국장인 김진홍이 면담하자고 제안했을 때, 이용운은 불길함을 느꼈었다. 그리고 불길한 예감은 빗나가지 않았다.

일방적으로 내년 시즌 해설위원으로 재계약이 불가능하다는 통보를 하는 김진홍에게 이용운이 물었다.

"이유가 무엇입니까?"

"시청자 반응이 좋지 않습니다. 너무 과했어요."

김진홍이 미리 출력해 두었던 시청자 게시판의 게시물을 건넸다.

─좀 적당히 까라. 왜 맨날 한성 비글스만 까는 건데?
─우리 한성 비글스가 올해도 꼴찌 하면 니 탓이다.

—한성 비글스에 아직도 감정 있냐? 한성 비글스에서 버려지고 난 뒤에 불러주는 팀이 없어서 은퇴한 것 때문에 아직도 삐쳤냐?

—아주 혼자 잘난 척은 다 해요. 선수 때는 평범에도 미치지 못했던 주제에 입만 살아가지고.

이용운이 종이에 인쇄된 내용을 읽고 있을 때, 김진홍 국장이 말했다.

"편파 중계라고 항의가 많이 들어왔습니다. 그리고 이 위원님이 너무 직설적으로 선수들과 감독들을 비판했던 것도 시청자들이 불편하게 느낀 것 같습니다."

'거짓말!'

김진홍 국장이 꺼낸 말을 듣던 이용운이 미간을 찌푸렸다.

이건 급조한 핑계일 뿐이라는 생각이 들었다.

그리고 진짜 이유는 따로 있을 거라고 이용운은 판단했다.

'이성훈 때문이겠지!'

후우.

이용운이 길게 한숨을 내쉬었다.

＊　　　＊　　　＊

"편파 중계? 진짜 웃기고 있네. 애정이 있어서 비판을 한 걸 갖고 편파 중계라고 하면 그냥 입 꾹 다물고 있어야 해? 그리고 시청자들이 불편함을 느껴? 스포츠채널 야구 해설가들 중에 네 인기가 제일 좋다는 설문조사 결과도 못 봤나?"

TBN 스포츠채널의 야구 해설위원인 윤재규가 분한 표정으로 열변을 토해냈다.

 소주잔을 단숨에 비우고 탁자에 거칠게 내려놓은 윤재규가 이용운에게 물었다.

 "진짜 이유는 따로 있다는 것, 너도 알지?"

 "이성훈 때문이겠지."

 "알긴 하네. NBS에서 이성훈을 해설위원으로 영입하려고 한다는 소문이 벌써 파다하게 퍼졌었어."

 이성훈은 대승 원더스 소속 야구선수였고, 지난 시즌을 마치고 은퇴를 선언했다.

 각종 타격 기록을 모두 갈아치운 덕분에 한국프로야구의 살아 있는 레전드라고 불렸던 선수.

 당연히 팬들에게 인기가 많았고, 각 방송사들은 현역에서 은퇴한 이성훈을 해설위원으로 영입하기 위해서 치열한 경쟁을 벌였었다.

 그 경쟁에서 가장 앞선 것이 바로 NBS 스포츠채널이었고.

 "넌 그 유탄을 맞은 거야."

 '유탄을 맞은 거라!'

 딱 적당한 표현이란 생각이 든 순간, 이용운이 윤재규에게 새삼스러운 시선을 던졌다.

 "왜 그렇게 봐?"

 "많이 늘었네. 예전보다 표현력이 많이 좋아졌어."

 "자리가 사람을 만든다는 얘기도 있잖아."

 "……?"

"안 잘리려고 발악하다 보니까 어느새 말발이 늘어 있더라고. 그럼 뭐 해? 어차피 인기 없는 중고교 야구 해설만 맡고 있는데. 네가 겪은 일, 남 일 같지가 않다."

윤재규의 한숨이 깊어졌다.

그 역시 재계약 불발 통보를 받을 것을 우려하고 있기 때문이었다.

"결국 야구를 못해서지."

윤재규가 덧붙인 말이 비수처럼 아프게 박혔다.

―해설위원은 해설만 잘하면 된다.

처음 해설위원으로 위촉됐을 때, 이용운은 이렇게 판단했다.

그래서 어느 누구보다 열심히 노력했다.

자료 분석, 전술 분석, 선수 분석, 최신 야구 동향 분석까지.

마이크 앞에서 좋은 해설을 하기 위해서 최선을 다해서 공부하고 분석했다.

그렇지만 해설위원은 해설만 잘하면 된다는 이용운의 생각.

너무 순진한 생각이었을 뿐이었다.

해설 능력보다 더 중요한 게 존재했다.

바로 선수 시절의 명성이었다.

방송국은 시청률을 높이기 위해서 많은 팬을 거느렸던 은퇴한 스타 선수들을 해설위원으로 선호했다.

그들의 해설 능력이 이용운보다 부족하더라도 전혀 개의치 않았다.

그로 인해 스타플레이어 출신이 아닌 평범에도 미치지 못했던 선수 출신인 이용운은 재계약이 불발됐다. 그리고 지금 마주 앉아 있는 윤재규도 머잖아 엇비슷한 상황에 처할 가능성이 높았다.

'야구를 더 잘했어야 했는데.'

누굴 탓할 계제가 아니었다.

선수 시절 야구를 못했던 이용운이 죄인이었다.

그때였다.

"이제 뭘 할 거야?"

윤재규가 소주병을 들어 잔을 채워주며 물었다.

그 잔을 비운 후, 이용운이 대답했다.

"선수."

"응?"

"선수 생활을 다시 하고 싶어."

"동기들 다 은퇴하고 지도자 생활하고 있는데 지금 다시 선수로 뛰고 싶다고? 재계약 불가 통보 받은 것 때문에 충격이 컸긴 컸구나."

윤재규가 안타까운 시선을 던졌다.

이용운도 선수 생활을 다시 하는 게 불가능하다는 것쯤은 잘 알고 있었다. 그럼에도 이런 대답을 꺼냈던 이유는 아쉬움이 남아서였다.

"그냥 그런 생각이 들었어."

"어떤 생각?"

"지금이라면 진짜 야구를 잘할 수 있을 것 같다는 생각 말이야."

*　　　　*　　　　*

쏴아아!

거센 빗줄기가 쏟아졌다.

우산을 쓴 채 횡단보도 앞에 서 있던 이용운이 주머니에서 담배를 꺼냈다.

담배 한 개비를 입에 물고 막 불을 붙이려 한 순간이었다.

휘이잉.

불길하게 느껴지는 강한 바람이 불어닥친 탓에 이용운은 손에서 우산을 놓쳤다.

입에 물고 있던 담배가 비에 젖었다.

워낙 빗줄기가 거센 탓에 머리와 옷도 금세 젖었다.

서둘러 바닥에 떨어진 우산을 향해 손을 뻗던 이용운이 도중에 멈칫했다.

도로 반대편에서 낯익은 얼굴을 발견했기 때문이었다.

'백철기?'

야구 모자를 깊숙이 눌러썼지만, 이용운은 체형을 확인하고 단숨에 청우 로열스 선수인 백철기임을 알아챘다.

'이 시간에 여기서 뭘 하는 거지? 술이라도 한잔하려고 나온 건가?'

프로선수들도 술을 마셨다. 그리고 술을 과하게 마시지만 않는다면 경기력에 악영향을 미치지는 않았다.

적당한 음주는 긴장을 풀어주는 효과가 있었으니까.

그때, 백철기의 앞으로 검정색 정장을 입은 남자들이 다가왔다.

'저들은 또 누구지?'

이용운이 두 눈을 빛냈다.

검정색 정장을 입고 있는 남자들에게서 풍기는 분위기가 범상치 않았다.

영화에서 많이 봤던 조직폭력배 분위기가 물씬 풍겼다.

그때, 백철기가 정장 입은 남자들에게 깍듯하게 인사했다.

'겁에 질렸다?'

그런 백철기의 표정은 겁에 질려 있었다.

정확한 이유까지는 모르겠지만, 분명히 겁에 질려 있었다. 그리고 백철기가 검정색 정장을 입은 남자들과 함께 이동하는 것을 확인한 이용운의 마음이 급해졌다.

'승부조작?'

아직 추측일 뿐이었다.

또, 백철기가 승부조작과 연루되었다는 어떤 증거도 없었다.

그렇지만 프로야구선수들 가운데 승부조작에 연루된 선수들이 몇몇 존재한다는 루머를 이용운도 알고 있는 상황이었다.

그런 상황에서 백철기가 조직폭력배처럼 보이는 남자들과 만났다는 것을 목격한 이상, 확인해 볼 필요가 있었다.

'일단 따라가 보자!'

바닥에 떨어졌던 우산을 재빨리 집어 든 이용운이 주위를 살폈다.

도로에 차량이 없다는 것을 확인한 이용운이 서둘러 도로를 건너기 시작했다.

픽!

그때였다.

마침 맞은편에서 도로를 건너던 사람과 이용운의 팔이 부딪 쳤다.

그 충격으로 인해 다시 우산이 바닥에 떨어졌다.

이용운이 다시 우산을 집어 들었을 때였다.

끼이이익.

급브레이크를 밟는 소리가 귓속으로 파고들었다.

요란한 소리가 들려오는 방향으로 고개를 돌린 이용운의 눈에 헤드라이트도 켜지 않은 채 다가오는 트럭이 보였다.

"빌어먹을!"

피할 새도 없었다.

도로 한가운데 얼어붙어 버린 것처럼 우두커니 서서 점점 자 신의 앞으로 가까이 다가오는 트럭을 바라보고 있던 이용운의 눈앞에 주마등처럼 짧다면 짧고, 길다면 길었던 인생의 순간들 이 스치고 지나갔다.

*　　　*　　　*

"명백한 본헤드플레이입니다. 희생번트 타구, 무척 강했어요. 빠르게 판단을 내리고 2루로 송구했다면, 1루 주자를 충분히 잡 아낼 수 있었을 텐데요. 과감하게 결단을 내리지 못하고 머뭇거 리다가 조급해져서 1루 송구를 너무 서두른 바람에……."

귓속으로 해설자의 멘트가 들려서 박건이 잠에서 깼다.

'어제 TV를 안 끄고 잤나 보네.'

평소에 박건은 술을 즐겨 마시는 편이 아니었다.

술 마시는 것을 좋아하는 편이긴 하지만, 애써 자제하는 편이었다.

그렇지만 어제는 달랐다.

선수 생활을 그만두기로 결심한 터라, 일부러 자제하지 않고 실컷 술을 마셨다.

'세 병? 네 병?'

배달시켰던 치킨을 안주 삼아 소주를 세 병까지 마셨던 것이 박건의 마지막 기억이었다.

술에 너무 취해서 TV도 끄지 않고 잠들었던 것이 틀림없었다.

더듬더듬.

박건이 리모컨을 찾기 위해서 침대 주변을 손으로 더듬었다. 그렇지만 리모컨을 어디로 던졌는지 손에 잡히지 않았다.

그사이에도 해설자의 멘트는 계속 이어졌다.

"아쉬운 부분은 여기서 끝이 아닙니다. 만약 우익수의 백업이 제때 들어왔더라면 주자들을 묶어둘 수 있었는데, 우익수의 백업이 너무 늦은 탓에 한 베이스씩 더 허용했어요. 속된 말로 멍을 때리고 있었던 거죠."

해설자의 멘트를 듣고 있던 박건이 인상을 와락 구겼다.

'이용운이네!'

귓가로 파고드는 해설자의 목소리가 낮이 익었다.

쇳소리가 살짝 섞인 허스키한 목소리는 이용운 해설위원의 트레이드마크.

그리고 이용운 해설위원은 박건이 가장 싫어하는 해설위원이었다.

'해설계의 독설가'라는 별명답게 그의 해설은 독했다.

선수가 실책을 저지르거나 본헤드성 플레이를 펼쳤을 때, 거침없이 독설에 가까운 비판을 쏟아냈다.

'그때 뭐라고 그랬더라? 기본기가 부족하다고 했지. 그리고 과연 1군에서 뛰는 프로선수가 맞는가 하는 의심이 들 정도로 함량 미달이라고도 했었지.'

한성 비글스를 8연패의 수렁에 빠뜨리고, 양두호 감독을 경질 위기로 몰고 갔던 결정적인 수비 실책을 범했던 박건에게 이용운 해설위원이 내렸던 평가였다.

'남의 사정도 모르면서!'

박건이 억지로 몸을 일으켰다.

어지간하면 참고 버텨보려고 했는데.

이용운 해설위원의 목소리를 계속 듣고 있다 보니 점점 짜증이 치밀어서 도저히 참기 힘들었다.

간신히 리모컨을 찾는 데 성공한 박건이 TV의 전원을 껐다. 그리고 다시 잠을 청하기 위해서 이불을 뒤집어썼던 박건이 당황했다.

"이건 달리 설명할 길이 없습니다. 평소 수비 훈련이 부족했다는 증거죠. 수비는 결국 훈련량에 비례해서 좋아지는……."

분명히 TV의 전원을 껐는데도 이용운의 해설이 계속 귀에 들렸기 때문이었다.

'TV가 꺼져 있는데 왜 이용운 해설위원의 목소리가 들리는 거지?'

지금 상황이 제대로 이해가 가지 않았다.

'꿈은 아니고… 환청을 들은 건가?'

이용운 해설위원이 했던 독한 비난.

박건에게 무척 아프게 다가왔었다.

그래서 이제는 환청까지 듣게 된 것이 아닐까 하고 생각했던 박건이 움찔했다.

'오른쪽 귀에도… 똑같이 들린다?'

난청이 심해지면서 현재 박건의 오른쪽 귀는 정상 청력의 40% 수준이었다. 그런데 방금 이용운 해설위원의 멘트는 오른쪽 귀에도 똑똑히 들렸다.

아니, 들렸다는 표현보다는 진동처럼 울린다는 표현이 더 정확했다.

"환청은 청력과 상관없는 건가?"

박건이 뒤집어썼던 이불을 다시 던졌다. 그리고 고개를 갸웃하면서 혼잣말을 꺼냈을 때였다.

"환청이 들리면 몸이 허해졌다는 증거지."

다시 환청이 들려왔다.

"또… 들렸다? 진짜 몸이 허해졌나? 병원에 가봐야 하나? 아니면, 보약이라도 한 제 지어 먹어야 하나?"

박건이 당황한 표정을 지었을 때, 다시 환청이 들려왔다.

"너, 내 이야기가 들리냐?"

부지불식간에 박건이 고개를 끄덕인 순간, 이용운의 목소리가 다시 들렸다.

"어떻게 내 이야기를 들을 수 있지?"

'오히려 내가 하고 싶은 질문입니다!'

박건이 속으로 소리쳤다.

지금의 상황이 전혀 이해가 가지 않았기 때문이었다.

'아직 술이 덜 깼나?'

해서 박건이 지금의 상황을 설명할 방법에 대해 찾고 있을 때였다.

"난 죽었다."

"……?"

"죽은 내 목소리가 어떻게 넌 들리는 거지?"

제2장

'죽었다고?'

충격이 연이어 밀려들었다.

그로 인해 혼란이 더해진 순간, 박건이 정신을 차리기 위해 애썼다.

'일단 확인부터 하자!'

박건이 결심을 굳히고 물었다.

"이용운 해설위원님, 맞습니까?"

"날 알아?"

이용운의 놀란 목소리가 들려온 순간, 박건이 침을 꿀꺽 삼켰다.

'진짜 이용운이라고?'

그때, 이용운이 다시 물었다.

"어떻게 알지?"

"저도 프로선수이니까요."

"혹시 내 팬이었냐?"

"반대인데요."

"반대?"

"가장 싫어하는 해설위원이었습니다."

박건이 솔직하게 밝힌 순간, 이용운이 서운한 기색을 드러내며 물었다.

"왜 날 싫어했는데?"

'그 이유를 진짜 몰라서 묻는 겁니까?'

이렇게 쏘아붙이고 싶은 것을 꾹 참은 박건의 머릿속이 바빠졌다.

'이용운이… 죽었다고?'

잠시 후, 박건이 고개를 갸웃했다.

기억이 틀리지 않는다면 이용운은 어제도 프로야구 경기 중계를 했다.

그런 그의 목소리가 박건의 귀에 들리고 있는 것.

또, 그가 스스로 죽었다고 이야기하는 것.

두 가지 모두 상식적으로 납득하기 어려웠다.

"아까 죽었다고 하셨죠?"

"그래."

"확실합니까?"

"아무래도 죽은 것 같다."

'죽은 게 아니라 죽은 것 같다고?'

무척 애매모호한 대답이었다.

그래서 박건이 다시 물었다.

"진짜 죽었습니까?"

"안 믿기나 보지?"

"솔직히 지금 상황을 믿기 어렵네요."

"그럼 이렇게 하자."

"어떻게 하자는 말씀입니까?"

"하나씩 확인해 보자고. 일단 내가 죽었는가 여부부터 확인해 봐."

일단 이용운의 사망 여부부터 확인하는 게 맞는다는 생각이 들었다. 그렇지만 박건은 이내 난관에 부딪쳤다.

"그걸 어떻게 확인하죠?"

박건이 질문한 순간, 이용운이 대답했다.

"스마트폰 꺼내서 포털사이트로 들어가 봐. 내가 죽었다면, 내 사망 소식을 알리는 기사가 떠 있을 거야."

"……?"

"나도 나름 유명인이었거든."

*   *   *

'진짜다!'

스마트폰을 꺼내서 포털사이트로 들어갔던 박건이 두 눈을 치켜떴다.

이용운의 말처럼 그의 부고를 알리는 기사가 떠 있었다.

「'해설계의 독설가'라 불렸던 이용운 해원위원, 교통사고로 사망」

이용운이 죽었다는 사실을 확인한 순간, 박건이 한숨을 내쉬었다.

"진짜 죽었군요."

"……."

"죽은 것 같은 게 아니라, 진짜 죽었습니다."

박건이 이용운에게 그의 사망 소식을 전했다.

그렇지만 이용운에게서는 대답이 돌아오지 않았다.

'갔나?'

퍼뜩 든 생각을 확인하기 위해서 박건이 물었다.

"왜 아무 말도 없으십니까?"

"…슬퍼서."

'안 갔네!'

박건이 속으로 아쉬움을 토해냈다.

이용운이 사망했다는 것이 확실해진 상황.

그렇다면 조금 전부터 박건이 대화를 나누고 있는 상대는 이용운의 영혼일 가능성이 높았다.

속된 말로 귀신이 들러붙은 상황.

그래서 내심 이용운의 영혼이 멀리 떠났기를 바랐던 것이었다.

"내 부고 소식을 확인했는데 어찌 안 슬프겠냐?"

이용운이 침통한 목소리로 말했다.

자신이 죽었다는 소식을 영혼이 된 상태로 확인하는 것.

대체 어떤 기분일지 박건으로서는 짐작하기 어려웠다.

그렇지만 이용운에게 감정이입이 되지는 않았다.

제 코가 석 자인 상황이었기 때문이다.

'가뜩이나 은퇴를 앞두고 있어서 머리가 복잡한 판국인데. 귀신까지 들러붙다니.'

지금의 상황이 전혀 달갑지 않았다.

그렇지만 이용운은 눈치가 없는 편이었다.

이런 박건의 속내를 전혀 눈치채지 못하고 이용운이 부탁했다.

"내 장례식장에 가자."

물론 박건은 그 부탁을 들어줄 생각이 전혀 없었다.

이용운 해설위원과는 일면식도 없었던 상황.

더구나 그는 박건의 플레이에 수시로 독설을 퍼부었던 해설위원이었다.

그런데 왜 그의 장례식장까지 찾아간단 말인가.

"싫습니다."

그래서 박건이 단호하게 거절하자, 이용운이 물었다.

"왜 싫어?"

"일면식도 없는 사람 장례식장에 제가 왜 갑니까?"

"야, 그건 아니지."

"뭐가 아니라는 겁니까?"

"살아생전에는 우리가 일면식도 없었지만, 이제는 아니잖아. 지금도 나랑 대화를 나누고 있잖아?"

"그건 그렇지만……."

"궁금해서 그래."

본인의 장례식장이 궁금하다는 이용운의 말을 듣는 순간, 박건의 마음이 약해졌다.

'그렇게 어려운 부탁도 아니잖아.'

박건이 결국 마음을 돌렸다.

"까짓것 한번 가드리죠."

＊　　　　＊　　　　＊

남서울 아산병원 장례식장.

이용운의 빈소가 마련된 곳이었다.

거침없이 걸음을 옮기는 박건과 동행했던 이용운이 서둘러 입을 뗐다.

"잠깐만 멈춰봐."

"아직도 마음의 준비가 덜 됐어요?"

박건이 영 못마땅한 기색으로 물었다.

자신의 빈소가 마련된 곳에 찾아가는 것.

처음 하는 경험이었다.

그래서 장례식장으로 바로 들어가려는 박건을 장례식장 밖에 붙잡아놓고 반시간 이상 기다리게 했었다.

이것이 박건이 못마땅한 기색을 드러내는 이유였다.

"마음의 준비는 끝났어."

"그런데 또 왜 멈추라는 겁니까?"

"화환 좀 보려고."

화환이 얼마나 도착했는지.

그리고 누가 자신의 빈소에 화환을 보냈는지가 궁금했다.

빈소 앞에 도착해 있는 화환을 살피던 이용운의 표정이 이내 굳어졌다.

'이게… 다야?'

빈소에 도착한 화환의 총 개수.

채 열 개도 되지 않았다.

"NBS 스포츠채널, 청송 고등학교 동문회, 프로야구 해설위원 협회, 그리고 윤재규."

화환을 보낸 이들의 면면을 확인하던 이용운이 충격에 휩싸 였다.

자신이 죽었다는 사실을 인지했을 때 못지않게 커다란 충격 이 밀려들었다.

잠시 후, 이용운의 두 눈에 핏발이 섰다.

'내가 인생을 잘못 살았던 건가?'

이용운이 빈소에 도착해 있는 몇 개 안 되는 화환을 핏발 선 눈으로 바라보고 있을 때, 박건이 말했다.

"화환이 몇 개 없어서 오래 볼 것도 없네요."

'이 자식이!'

가뜩이나 충격을 받고 속이 상한 상황이었다.

그런데 박건의 발언은 불난 집에 기름을 끼얹는 것이나 마찬 가지였다.

그래서 이용운이 매섭게 노려봤지만, 무소용이었다.

박건은 영혼인 자신을 볼 수 없었으니까.

"다 보신 것 같은데. 이제 들어가도 될까요?"

"…그래."

이용운이 마지못한 표정으로 허락한 순간, 박건이 빈소 안으로 들어갔다.

'상주는 누나와 매형이 맡고 있구나.'

이용운은 결혼을 안 했다. 그리고 부모님은 이미 돌아가신 후였다.

그래서 상주로 하나밖에 없는 피붙이인 누나와 매형이 나선 것이었다.

그때, 박건이 주머니에서 봉투를 꺼내서 부조금으로 냈다.

그 봉투를 확인한 순간, 이용운은 문득 부조금 액수가 궁금해졌다.

"얼마 넣었냐?"

"그걸 꼭 밝혀야 합니까?"

"궁금해서 그래. 십만 원? 이십만 원?"

"삼만 원 넣었습니다."

"…삼만 원?"

이용운이 서운한 기색을 드러냈다.

'오만 원도 아니고 삼만 원? 요새 삼만 원 부조하는 사람도 있나?'

막 이런 생각을 하고 있을 때, 박건이 변명을 꺼냈다.

"제 형편이 좋지 않습니다."

"야, 프로야구선수 연봉이 얼마인데 그걸 변명이라고……"

"삼천오백만 원입니다."

"……?"

"제 연봉."

박건의 연봉을 알게 된 순간, 이용운이 입을 다물었다.

워낙 고액의 연봉을 받는 선수들이 많기 때문에 프로야구선수라는 직업은 무척 화려해 보였다.

그렇지만 프로야구선수들 사이에도 빈부의 격차는 컸다.

스포트라이트를 받는 일부 선수들은 수억의 연봉을 받고 FA 대박 계약을 맺지만, 적지 않은 선수들의 연봉은 무척 적었다.

삼천오백만 원의 연봉.

얼핏 듣기에는 꽤 많아 보이지만, 실상은 달랐다.

박건은 현재 2군에서 뛰고 있었다.

배트와 글러브 같은 고가의 장비도 본인의 연봉으로 구입해야 하는 실정이니, 항상 쪼들릴 터였다.

'그래도 삼만 원은 너무 심하잖아.'

박건은 미혼이었다.

즉, 부양할 책임이 있는 가족이 없었다.

삼천오백만 원의 연봉이 아주 많은 편은 아니지만, 혼자서 살기에 아주 쪼들릴 정도는 아니었다.

그래서 이용운이 참지 못하고 물었다.

"혹시 연애하냐?"

"연애 안 합니다. 야구에 집중하기도 바쁩니다."

"그런 것치고는 야구를 너무 못하는데."

"네?"

"혼잣말이었다. 혼잣말을 한 것도 다 들리니까 앞으로 주의해 야겠구나. 그나저나 중요한 건 그게 아니다. 연애도 안 하는데 대체 왜 그렇게 쪼들리는 것이냐?"

"따로 돈을 쓸 곳이 있습니다."

"어디?"

"내가 그것까지 대답해야 합니까?"

답변을 거부한 박건이 상주를 맡고 있는 누나와 인사를 나누 었다.

"상심이 크시겠습니다."

이용운이 그런 누나의 얼굴을 빤히 바라보았다.

많이 울었던 탓에 두 눈이 벌겋게 변해 있는 누나를 보고 있 자니 마음이 아팠다.

"누나, 먼저 가서 미안해!"

이용운이 소리쳤다.

그렇지만 누나는 그 이야기를 전혀 듣지 못했다

'역시 이 자식만 내 말을 들을 수 있는 거였어!'

재차 그 사실을 확인한 이용운이 박건에게 새삼스러운 시선 을 던졌다.

'그런데 왜 이 자식만 내 이야기를 들을 수 있는 거지?'

불쑥 호기심이 치밀었다.

그렇지만 당장 그 의문을 풀 수는 없었다.

그런 이용운의 눈에 자신의 영정 사진을 향해 절을 하고 있는 박건의 모습이 들어왔다.

'왜 바로 일어서지 않지?'

두 번 절을 한 것은 일반적이었다.

그렇지만 두 번째 절을 한 후, 박건은 바로 일어서지 않았다.

바닥에 엎드린 채 작게 혼잣말을 중얼거리고 있었다.

"뭐라고 한 거냐?"

이용운이 결국 호기심을 이기지 못하고 묻자, 박건이 대답했다.

"승천하시길 빌었습니다."

*　　　　*　　　　*

"승천?"

"돌아가셨으니까 구천을 떠돌지 말고 극락왕생하셔야죠."

"극락왕생?"

"그건 좀 힘드려나? 하긴 평소에 그렇게 독설을 퍼부었으니 힘들긴 하겠다."

박건이 중얼거리는 소리를 듣고 있던 이용운이 단호하게 대답했다.

"안 해."

"뭘 안 한다는 겁니까? 극락왕생이요? 그건 안 하는 게 아니라 못 하는……."

"극락왕생 말고 승천 안 할 거라고."

"왜요?"

박건이 당황한 표정으로 물었다.

"억울해서."

이용운이 대답했다.

빈소에 도착한 화환의 개수가 너무 적었다.

또, 장례식장 안은 행하다는 느낌이 들 정도로 썰렁했다.

이런 장례식장의 풍경을 확인하고 나자, 이용운은 너무 억울하고 서러웠다.

자신이 살아왔던 인생이 부정당한 느낌이랄까.

'야구를 못해서야!'

만약 이용운이 선수 시절 스타플레이어였다면?

상황은 백팔십도 달라졌을 터였다.

놓을 공간이 부족할 정도로 화환이 빈소로 밀려들었을 것이었고, 장례식장 내부도 북적였을 것이었다.

'세상인심 참 야박하네.'

평범에도 미치지 못했던 선수 생활이 후회로 남았다.

그와 동시에 얼마 전 보았던 게시 글이 떠올랐다.

―아주 혼자 잘난 척은 다 해요. 선수 때는 평범에도 미치지 못했던 주제에 입만 살아가지고.

그 게시 글이 이용운에게는 무척 아프게 다가왔다.

그리고 자신이 죽던 날, 윤재규에게도 밝혔듯이 지금 선수 시절로 돌아간다면 정말 잘할 자신이 있었다.

그러나 이용운은 이미 죽었다.

또, 설령 살아 있었더라도 선수로 복귀하기에 너무 늦은 나이였다.

그래서 방법이 없다고 판단했던 이용운의 눈에 박건이 보였다.

'이 자식이라면?'

퍼뜩 한 가지 생각이 이용운의 머릿속을 스치고 지나갔다.

"밥 먹고 가라."

해서 이용운이 제안하자, 박건이 난색을 표했다.

"혼자서요?"

"왜 혼자야? 나랑 같이 먹으면 되지."

이용운이 씩 웃으며 덧붙였다.

"밥 먹으면서 나하고 이야기 좀 하자."

*   *   *

후르릅.

육개장은 얼큰했다.

'그래도 맛은 괜찮네.'

빈속에 술을 들이부었던 탓에 가뜩이나 속이 쓰렸던 상황이라서 육개장이 더 맛있게 느껴지는 건지도 몰랐다.

단숨에 육개장 한 그릇을 비운 박건이 미련 없이 일어서려고 했을 때였다.

"한 그릇 더 해."

이용운이 제안했다.

"됐습니다."

"부담 안 가져도 되니까 한 그릇 더 해."

"부담 같은 거 안 가집니다. 부조했으니까요."

"삼만 원밖에 안 했잖아?"

"저한테는 큰돈이라니까요."

"…그러니까 한 그릇 더 해. 본전 뽑아야 할 것 아냐?"

'그럴까?'

아까도 생각했듯이 육개장은 얼큰하니 맛이 괜찮았다.

게다가 이용운의 빈소는 안타깝게 느껴질 정도로 썰렁했다.

만약 박건이 지금 일어난다면?

가뜩이나 썰렁한 빈소 내부는 더 썰렁하게 느껴질 터였다.

'하여간 난 너무 착해서 탈이야!'

박건이 한숨을 내쉰 후, 육개장 한 그릇을 더 받아서 자리로 돌아왔다. 그리고 몇 수저 떴을 때였다.

"이제 본격적으로 얘기 좀 하자."

이용운이 말했다.

"무슨 얘길 또 해요?"

"야, 앞으로 오랫동안 함께 지내야 할 텐데 서로에 대해 알아가야지."

"에이, 무슨 그런 끔찍한 말을 합니까?"

"끔찍한 말?"

"우리가 썸이라도 타는 사이입니까? 서로에 대해서 알아가게? 여기서 그만 헤어집시다."

"그만 헤어지자니?"

"제가 명복도 빌어드렸으니 이제 승천하셔야죠."

"안 해. 아니, 못 해."

"대체 왜 못 한다는 겁니까?"

"어떻게 하는지 방법을 몰라."

박건이 한숨을 푹 내쉬었을 때, 이용운이 덧붙였다.

"그리고 방법을 안다고 해도 억울해서 승천 못 한다니까."

"뭐가 그렇게 억울하신 건데요?"

"빈소에 도착한 화환 숫자 봐라. 그리고 빈소 안이 썰렁한 것 봐라. 이런데 내가 안 억울하겠냐?"

"좀 그렇긴 하네요."

박건이 썰렁한 빈소 내부를 살피고 무심코 동조했다가 흠칫했다.

실수했다는 생각이 퍼뜩 들었기 때문이었다. 그리고 이용운은 박건이 범한 실수를 놓치지 않았다.

"네가 생각해도 내가 억울하겠지?"

"뭐, 조금 억울한 면이 있긴 하겠지만……."

"이 억울함을 풀기 전에는 절대 못 떠난다."

'엿 됐네!'

이용운이 꺼낸 말을 듣고 박건이 퍼뜩 한 생각이었다.

앞으로도 계속 이용운의 영혼과 대화를 나눠야 할지도 모른다는 생각이 들자 덜컥 겁이 났기 때문이었다.

등줄기가 서늘해졌고, 입맛도 뚝 떨어졌을 때였다.

"일단 내가 하는 말을 왜 너만 들을 수 있는지 그 이유에 대해 알아보자."

이용운이 제안한 순간, 입맛이 사라진 박건이 손에 들고 있던 숟가락을 내려놓았다.

이건 박건도 궁금해하던 부분이었기 때문이다.

"뭐 짚이는 것 없어?"

"전혀요."

박건이 잠시의 망설임도 없이 대답한 순간, 이용운이 타박했다.

"야, 그렇게 막 얘기하지 말고 생각 좀 하고 대답해. 우리가 어디 보통 인연이냐? 이렇게 인연이 이어진 데는 분명히 이유가 있을 거야."

'인연이 아니라, 악연 아닌가?'

박건이 미간을 찌푸린 채 속으로 생각했다.

그리고 시키는 대로 악연이 이어진 연유에 대해서 고민하던 박건이 입을 뗐다.

"벌받았나 봅니다."

"벌이라니?"

"내가 제일 싫어하는 해설위원이셨거든요."

박건이 말을 마친 순간, 이용운이 끼어들었다.

"야, 그 정도로는 너무 약해."

"뭐가 약하다는 겁니까?"

"너만 날 싫어한 게 아냐. 날 싫어했던 선수들이나 감독들이 한둘이 아니었거든. 고작 싫어한 것 때문에……."

"그냥 싫어하기만 했던 게 아닙니다."

"그럼?"

"귀신은 뭐 하나? 저 빌어먹을 인간 안 잡아가고. 제발 빨리 좀 잡아가라."

"……?"

"이렇게 빌기도 했습니다."

경기 중에 결정적인 수비 실책을 범한 것.

이번 한 번이 다가 아니었다.

이용운은 그때마다 독설을 퍼부었고, 박건은 그의 독하디독한 해설에 여러 차례 상처를 받았었다.

그 독설을 들을 때마다 박건은 속으로 이렇게 빌었다.

"그 정도로… 날 싫어했었냐?"

충격을 받은 걸까.

이용운이 풀 죽은 목소리로 질문한 순간, 박건이 대답했다.

"딱 까놓고 말해서 좋아하기는 힘든 사람이셨죠."

*　　　*　　　*

"박건 선수의 플레이에서 주목해야 하는 건, 전혀 준비가 안 됐다는 겁니다. 수비를 할 때 가장 중요한 건 집중력이라고 제가 몇 번이나 말씀드렸죠. 그런데 박건 선수는 전혀 경기에 집중을 못 하고 있어요. 배트에 타구가 맞는 순간 바로 움직여야 하는데, 느린 영상으로 보시다시피 타구를 쫓기 위해서 스타트를 끊는 것이 반박자가량 늦어요. 멍하니 서 있다가 움직이잖아요. 이게 경기에 집중하지 못하고 있다는 증거입니다. 반응이 느리니 서두르게 되고, 그러다 보니 포구 실수와 송구 실수까지 이어진 거죠. 대체 지난밤에 뭘 했기에 저렇게 경기에 집중을 못 하는지 모르겠네요. 술을 진탕 마셨거나, 집안에 우환이 있거나. 둘 중 하나인 것 같네요."

박건이 숨도 쉬지 않고 속사포처럼 이야기를 쏟아냈다.

그 이야기를 마친 후, 박건이 물었다.

"기억나세요?"

이용운이 고개를 갸웃하며 대답했다.

"기억이… 잘 안 난다."

책임을 피하기 위해서 변명하는 것이 아니었다.

이용운이 그동안 해설을 맡았던 경기만 천여 경기.

경기 중에 했던 이야기를 일일이 다 기억할 수는 없는 노릇이었다.

정말 이런 해설을 했던 것이 기억이 안 났다.

"기억이 안 난다? 참 쉽네요."

"무슨 뜻이야?"

"제가 왜 토씨 하나 틀리지 않고 정확하게 기억하고 있는지 아십니까? 당신이 했던 해설이 내게 영원히 잊히지 않을 정도로 상처를 남겼기 때문입니다."

"……."

"다른 사람한테 그렇게 상처가 되는 말을 하고는 기억이 안 난다? 인생 참 쉽고 편하게 사셨네요."

이용운이 딱딱하게 표정을 굳혔다.

'발로 뛰어 취재하고, 정확한 분석을 바탕으로 좋은 해설을 하자.'

처음 해설위원으로 위촉됐을 때, 이용운이 했던 다짐이었다. 그러나 그 다짐은 해설위원으로 일한 시간이 길어지면서 점점 희석됐다.

밋밋한 해설이라는 평가를 뒤집기 위해서 점점 독한 말들을 내뱉었다.

그러다 보니 '해설계의 독설가'라는 수식어가 어느새 이용운의 이름 앞에 따라붙었다.

덕분에 해설위원으로서 인기는 높아졌지만, 그 인기에 취해서 다른 사람들에게 지울 수 없는 상처를 남겼다는 것은 알아채지 못했다.

박건과의 대화를 통해서 뒤늦게 그 사실을 알아챈 것이었다.

"미안하다."

이용운이 사과했지만, 박건은 코웃음을 쳤다.

"이제 와서 사과한다 한들 내가 받았던 상처가 다 씻겨 나갈 것 같습니까?"

"변명처럼 들리겠지만, 애정이 있어서일 거다."

"애정…이오?"

박건이 황당하단 표정을 지었다.

그렇지만 이용운은 이번에도 거짓 변명을 꺼낸 것이 아니었다.

남은 애정이 없다면 부부 간에 싸움조차 벌어지지 않는다는 말처럼, 이용운이 해설위원으로서 독설을 쏟아냈던 이유는 애정이 남아 있기 때문이었다.

선수에 대한 애정이, 팀에 대한 애정이, 또 프로야구에 대한 애정이 있었기 때문에 안타까운 마음에 독설을 거리낌 없이 내뱉었던 것이었다.

'가만, 혹시 그것 때문인가?'

잠시 후, 이용운이 두 눈을 빛내며 물었다.

"그게 다냐?"

"무슨 뜻입니까?"

"내가 그날 했던 해설, 그게 전부냐고?"

"아마 그럴 겁니다. 그런데 그건 왜 묻습니까? 혹시 더 독한 말을 했던 게 떠오르기라도 했습니까?"

"그게 다가 아닐 거다."

고개를 흔든 이용운이 다시 물었다.

"아까 내가 했던 해설을 토씨 하나 틀리지 않고 정확히 기억하고 있다고 했지? 그럼 내가 그 해설을 했던 경기가 언제인지도 기억해?"

"당연히 기억합니다."

"그럼 틀어봐."

"뭘요?"

"그날 경기 말이야. 다시 보기 해보라고."

이용운이 재촉했지만, 박건은 스마트폰을 꺼내지 않았다.

영 내키지 않는 표정으로 박건이 말했다.

"역시 독한 사람이시네요. 기어이 남의 쓰라린 상처에 소금까지 뿌려야 직성이 풀리시겠습니까?"

애써 잊으려고 하는 기억을 다시 떠오르게 만들 필요가 있느냐?

꼭 그렇게까지 해야 속이 시원하냐?

박건이 꺼낸 말에 숨은 의미였다.

"오히려 반대다. 내가 그 경기를 다시 보자고 하는 이유는 쓰라린 상처에 약을 발라주기 위해서다."

이용운이 설명했지만, 박건은 순순히 믿지 않았다.

"괜히 해설위원이 된 게 아니시네요. 청산유수가 따로 없습니다."

박건이 빈정대면서 마지못해 스마트폰을 꺼냈다.

잠시 후, 스마트폰 화면에 이용운이 해설했던 그날의 경기가 흘러나왔다.

*   *   *

한성 비글스와 마경 스왈로우스의 대결.

8회가 끝난 시점, 스코어는 3─3이었다.

9회 초 마경 스왈로우스의 정규이닝 마지막 공격.

2사 1, 2루 상황에서 마경 스왈로우스 팀의 5번 타자 김해성이 타석에 들어선 순간이었다.

"이 승부, 어떻게 보십니까?"

캐스터 함명재의 질문을 받은 해설위원 이용운이 입을 뗐다.

"잘 알려졌다시피 한성 비글스 팀의 마무리투수인 이명수 선수는 150㎞ 이상의 빠른 공을 던지는 좌완 파이어볼러 유형의 투수가 아닙니다. 구속이나 구위를 앞세워 타자와 상대하는 스타일이 아니라, 정교한 컨트롤과 다양한 구종으로 타자를 요리하는 스타일이죠. 그렇지만 오늘 이명수 선수의 변화구 컨트롤이 잘 되지 않고 있습니다. 특히 결정구로 사용하는 체인지업이 전혀 말을 안 듣고 있습니다. 따라서 140㎞대 초반의 직구에 의존할 수밖에 없는 상황인데, 지금 타석이 들어선 김해성 선수는 직구에 강점을 갖고 있는 타자죠."

"그렇군요. 그럼 이명수 선수 입장에서는 어떤 점을 조심해야 할까요?"

"제구 미스를 조심해야 합니다. 공이 높은 쪽에 형성되면 어김없이 장타로 이어질 확률이 높거든요. 그리고 하나 더. 초구를 조심해야 합니다. 김해성 선수는 초구 공략을 무척 좋아하는 타자이니까요. 만약 이명수 선수가 초구로 던진 공이 높은 쪽에 형성되는 실투가 된다면 여지없이 맞아나갈 겁니다."

이용운이 말을 마쳤을 때였다.

슈아악.

이명수가 와인드업을 마치고 공을 뿌렸다.

그리고 이용운이 했던 예측들은 적중했다.

체인지업을 비롯한 변화구의 제구가 뜻대로 되지 않기 때문일까.

이명수가 초구로 선택한 구종은 직구였다.

또, 초구 공략을 즐겨 하는 김해성은 이번에도 과감하게 배트를 휘둘렀다.

바깥쪽 낮은 코스로 파고드는 직구.

포수가 요구했던 공이었다.

그러나 제구가 뜻대로 되지 않으며 이명수가 던진 초구는 몸쪽 높은 코스로 들어왔다.

따악.

김해성은 실투를 놓치지 않았다.

경쾌한 타격음과 함께 타구는 우중간으로 뻗어나갔다.

우익수로 출전한 박건이 전력 질주 하며 타구를 열심히 쫓아 간 후 글러브를 쭉 내밀었지만, 살짝 미치지 못했다.

김해성의 타구는 투 바운드를 일으킨 후 펜스를 때렸고, 1루 주자와 2루 주자가 모두 홈으로 들어오며 팽팽하던 경기의 균형 이 깨졌다. 그리고 느린 화면이 흘러나올 때, 이용운의 해설이 이어졌다.

"오늘 경기에 우익수로 출전한 박건 선수는 전혀 경기에 집중 을 못 하고 있어요. 배트에 타구가 맞는 순간 바로 움직여야 하 는데, 느린 영상으로 보시다시피 타구를 쫓기 위해서 스타트를 끊는 것이 반박자 늦어요. 멍하니 서 있다가 움직이잖아요. 이 게 경기에 집중하지 못하고 있다는 증거입니다. 반응이 느리니 서두르게 되고, 그러다 보니 포구 실수와 송구 실수까지 이어진 거죠. 대체 지난밤에 뭘 했기에 저렇게 경기에 집중을 못 하는 지 모르겠네요. 술을 진탕 마셨거나, 집안에 우환이 있거나. 둘 중 하나인 것 같네요."

'정말 토씨 하나 안 틀렸네!'

그날 경기 영상을 지켜보던 이용운이 내심 감탄하고 있을 때 였다.

"술 안 마셨습니다."

"......?"

"집안에 우환도 없었고요."

박건이 표정을 일그러뜨린 채 말했다.

그렇지만 이용운은 반박하거나 대꾸하는 대신, 경기를 보는 데 집중했다.

"어쨌든 개인적으로는 박건 선수, 참 안타깝게 여기는 선수입니다. 신체 조건이나 운동신경이 무척 뛰어난 편인데, 프로 무대에서 본인이 가진 잠재력을 전혀 꽃피우지 못하고 있으니까요."

잠시 후, 해설위원이었던 이용운이 덧붙인 말이 흘러나왔다.

"이거다."

그 이야기를 들은 이용운이 소리쳤다.

"뭐가 이거라는 겁니까?"

"내가 애정을 갖고 있다는 증거라는 뜻이다. 그리고 이제 알 것 같다."

"뭘 알겠다는 건데요?"

"왜 너만 내 말을 들을 수 있는지 그 이유를 알 것 같다."

이용운이 말하자, 박건이 흥미를 드러냈다.

"대체 그 이유가 무엇입니까?"

이용운이 대답했다.

"내가 널 아꼈기 때문이다."

＊　　　　　＊　　　　　＊

"예전에 인터뷰를 한 적이 있었다. 그 인터뷰 중에 기자가 내게 가장 안타깝게 생각하는 선수가 누구냐고 물었다. 그때 내가 누구라고 대답했는지 알아?"

이용운이 질문한 순간, 박건이 반문했다.

"제가 그걸 어떻게 압니까?"

"너다."

"방금 누구라고 했습니까?"

"너! 박건이란 선수가 가장 아깝다고 대답했었다."

"왜요?"

"신체 조건이나 운동신경이 무척 뛰어났거든. 그런데 막상 경기에 나서면 집중하지 못하고 부진한 경기력을 보였지. 집중력만 보강된다면 아주 훌륭한 선수가 될 수 있을 텐데. 줄곧 이렇게 생각했기 때문에 널 지목했던 거였다."

이용운의 설명을 들었음에도 박건은 전혀 기쁘지 않았다.

오히려 슬펐다.

이용운에게 지목당한 바람에 그의 귀신이 들러붙은 상황이 됐으니까.

'누굴 탓할까?'

그렇지만 누굴 탓할 계제가 아니라는 생각이 들었다.

'야구를 좀 더 잘했다면?'

그랬다면 상황이 또 달라졌을 것이었다.

이용운은 박건을 가장 아까운 선수로 지목하지 않았을 것이었고, 그의 영혼도 자신에게 들러붙지 않았을 테니까.

'다 야구를 못한 내 탓이야!'

박건이 자책하며 한숨을 내쉬었을 때였다.

"왜 한숨을 내쉬는 거냐? 안 기뻐?"

"대체 어느 부분에서 기뻐해야 하는 겁니까?"

박건이 되묻자, 이용운이 대답했다.

"덕분에 나와 파트너가 되는 복을 누리고 있잖아."

'파트너? 복?'

'파트너'라는 단어도 '복'이라는 단어도 박건의 신경을 곤두서게 만들고 있었다.

그중 특히 신경이 쓰이는 것은 복을 누린다는 표현이었다.

'독설가 맞네!'

이용운의 귀신이 들러붙은 것.

엄연히 복이 아니라 화였다.

해서 박건이 인상을 꽉 구긴 순간, 이용운이 말했다.

"내가 널 성공시켜 주마."

"무슨 수로요?"

"오직 너만을 위해서 해설해 주겠다."

이용운이 대단한 선심이라도 쓰듯이 제안했다. 그렇지만 박건은 화들짝 놀라며 서둘러 손사래를 쳤다.

일전에도 밝혔지만, 박건은 해설위원 이용운을 싫어했다.

어느 정도냐면 그의 해설이 듣기 싫어서 리모컨으로 음 소거를 시켜놓고 경기를 볼 정도였다.

'그런데 나만을 위해서 해설해 주겠다고?'

당연히 반가운 제안일 리 없었다. 그러나 이용운은 그런 박건의 속내를 전혀 알아채지 못하고 혼자 신이 나서 계속 떠들었다.

"내 해설이 정확하다고 소문이 자자한 건 너도 알지? 경기의 흐름에 대한 분석, 감독과 선수에 대한 분석, 그리고 풍부한 야구 지식이 합쳐진 것이 정확한 해설을 할 수 있는 원동력이었지. 그렇게 정확한 해설을 오직 널 위해 해주겠다는 뜻이다. 그럼 어떻게 될 것 같아? 분명히 야구를 잘할 수 있게 될 거야. 어때?

고맙지?"

　전혀 고맙지 않았다.

　그래서 박건이 심드렁한 표정으로 대꾸했다.

　"야구 관둘 겁니다."

제3장

"방금… 뭐라고 그랬어?"

이용운이 충격받은 표정으로 물었다.

"야구 관둔다고 했습니다."

아까 잘못 들은 게 아니라는 사실을 깨달은 이용운은 크게 당황했다.

자신이 세웠던 계획이 통째로 어그러질 위기에 처했기 때문이었다.

"이러면 안 되는데……."

이용운이 작게 혼잣말을 내뱉었다.

"선수 생활을 다시 하고 싶어. 그냥 그런 생각이 들었거든. 지금이라면 진짜 야구를 잘할 수 있을 것 같다는 생각 말이야."

자신이 죽던 날, 함께 술을 마셨던 윤재규에게 넋두리처럼 했던 말이었다.

빈말이 아니었다.

중학교 야구부 감독 생활을 거쳐서 해설위원으로 활동하면서 이용운은 야구를 보는 눈이 달라졌다.

좀 더 넓어지고, 또 깊어졌달까.

'뭣도 모르고 야구를 했었어. 그러니 성공을 못 했지.'

이런 후회가 들었을 정도였다.

그래서 지금 다시 선수 생활을 시작한다면, 정말 잘할 수 있을 거란 확신이 있었다.

그렇지만 시간은 기다려 주지 않는 법이었다.

또, 구단들은 냉정했다.

나이가 마흔이 넘은 이용운이 선수로 복귀하겠다는 의사를 밝힌다 한들, 어느 누구도 관심을 기울이지 않을 것이었다.

그 사실을 이용운은 누구보다 잘 알았다.

말 그대로 바람이었을 뿐이었는데.

아이러니하게도 죽고 나니 선수로 복귀할 방법이 생겼다.

바로 박건을 이용하는 것이었다.

프로야구선수 박건.

고교 졸업과 동시에 한성 비글스의 지명을 받고 프로 무대에 입성했던 박건은 잠재력을 갖춘 유망주였다. 그렇지만 그는 프로 무대에서 잠재력을 꽃피우지 못했다.

부상에 발목이 잡혔고, 아마 야구와는 수준이 다른 프로 무대 적응에 어려움을 겪었기 때문이었다.

그렇지만 박건의 신체 조건과 운동신경만큼은 무척 뛰어났다.

'내가 가진 야구 지식을 전달해 준다면? 또, 내가 가진 경험을 전수해 준다면?'

박건은 잊혀가는 유망주에서 스타플레이어로 변신할 수 있다는 확신을 이용운은 갖고 있었다.

이것이 아까 복이라고 표현했던 이유였다.

그런데 박건이 지금 은퇴한다면?

도로 아미타불인 셈이었다.

'이 녀석 마음을 어떻게 돌리지?'

이용운이 고민하다가 질문부터 던졌다.

"왜 야구를 관두겠다는 거야?"

일단 야구를 그만두려는 이유를 알아야 어떤 대책을 마련할 수 있다고 판단했기 때문이었다.

"내가 그 이유까지 알려줘야 되는 이유가 있습니까?"

박건은 내키지 않는다는 표정으로 오히려 되물었다.

'성격 더럽게 까칠하네!'

박건과 제대로 대화를 나눈 것.

이번이 처음이었다.

그러니 이용운이 박건의 성격에 대해 알 수 있었을 리 없었다.

예상보다 까칠한 성격의 소유자인 박건으로 인해 슬그머니 부아가 치밀었다.

그렇지만 이용운은 치미는 화를 꾹 눌러 참았다.

목마른 자가 우물을 파는 법.

그리고 지금 목마른 자는 이용운이었다.

지금은 박건에게 화를 낼 때가 아니라 잘 구슬릴 때라는 사실을 잘 알고 있는 이용운이 화제를 돌렸다.

"억울하지 않아?"

"갑자기 뭐가요?"

"이렇게 선수 생활을 끝내는 것 말이야."

"뭐, 많이 아쉽기는 하죠."

박건이 씁쓸한 표정으로 대답한 순간, 이용운이 두 눈을 빛냈다. 그리고 기회를 놓치지 않고 덧붙였다.

"주위를 둘러봐."

이용운의 지시대로 박건이 주위를 둘러본 후 입을 뗐다.

"볼 것도 없는데요."

"그래. 볼 게 없어. 찾아오는 사람이 없으니까."

휑해서 더욱 쓸쓸하게 느껴지는 빈소를 둘러본 이용운이 순순히 인정한 후, 말을 이었다.

"불쌍해? 안쓰러워?"

"좀 안타깝긴 합니다."

"잘 기억해 둬라. 이게 네 미래니까."

"……?"

"실패한 야구선수의 말로는 이렇게 쓸쓸한 법이거든."

이용운이 말을 마친 순간, 박건의 낯빛이 변했다.

인정하고 싶지 않은 걸까.

"나는… 나는……."

박건이 반박하려고 한 순간, 이용운이 덧붙였다.

"너라고 뭐가 다를 것 같아?"

*   *   *

'나는 분명히 다를 겁니다.'

목구멍까지 치밀었던 말을 박건이 도로 삼켰다.

자신이 없었기 때문이다.

이용운에게 반박하는 대신, 박건이 빈소 안을 다시 둘러보았다.

꽤 넓은 빈소 안에 찾아와 있는 손님은 자신뿐이었다.

'이게… 내 미래다.'

잠시 후 박건이 마른침을 꿀꺽 삼켰다.

이용운의 귀신이 들러붙었다는 사실을 처음 알게 됐을 때, 박건은 두려웠다.

그렇지만 그때보다 지금이 더 두려움이 컸다.

'나라고 해서 다를까?'

프로야구선수로서 결국 성공을 못 했지만, 내 인생은 아직 많이 남아 있다.

비록 선수로서는 성공하지 못했지만, 코치로서, 또 감독으로서 꼭 성공하겠다.

은퇴를 결심했던 박건이 품었던 포부였다.

그렇지만 과연 코치로서, 또 감독으로서 성공할 수 있을지 여부는 미지수였다.

아니, 선수 때와 마찬가지로 실패할 확률이 더 높았다.

지도자 생활을 할 때도 난청은 박건의 발목을 잡을 장애가 될 터였으니까.

'이게 실패한 야구선수의 말로.'

백문이 불여일견이란 말이 옳았다.

실패한 야구선수였던 이용운의 빈소를 직접 찾아와서 둘러보고 난 후, 박건은 세상의 냉정함을 새삼 깨달을 수 있었다.

그때였다.

"기회를 주마."

이용운이 말했다.

"무슨 기회를 준다는 겁니까?"

"선수로서 성공할 수 있는 기회를 주겠다."

"어떻게요?"

"내가 파트너로서 돕겠다."

'파트너'라는 표현.

여전히 신경에 거슬렸다. 그렇지만 박건은 제지할 생각도 하지 못했다.

이용운이 어떻게 자신을 도울지 방법이 궁금했기 때문이었다.

"그러니까 어떻게요?"

해서 박건이 다시 묻자, 이용운이 대답했다

"나는 최고의 해설위원이었다고 자부한다."

'최고의 해설위원까지는 아니었는데.'

박건이 속으로 생각했다.

최고의 해설위원보다는 최고로 거침없이 독설을 쏟아냈던 해설위원이란 표현이 더 어울린다고 박건이 판단했지만, 이용운은 아랑곳하지 않고 이야기를 이어나갔다.

"내가 해설 중에 했었던 경기 예측은 대부분 적중했다. 그리고 예측이 적중했던 것은 우연이 아니었다. 야구에 대한 해박한 지식을 바탕으로 선수와 감독들의 성향과 습관들을 철저하게 분석했던 덕분이지. 내가 가진 지식을, 또 내가 가진 경험을 파트너인 네게 전수해 줄 거다. 그럼 넌 최고의 선수로 거듭날 수 있을 것이다."

'정말… 그렇게 될까?'

박건이 반신반의하는 표정을 지었다.

이용운이 독설을 워낙 쏟아내서 싫어했던 것은 사실이었지만, 그의 야구에 대한 해박한 지식만큼은 감탄이 나왔을 정도였다.

그런 그가 오직 자신만을 위한 해설을 해준다면?

그의 말처럼 최고의 선수로 거듭나는 것까지는 힘들겠지만, 분명히 도움이 될 거란 생각이 들었다.

그래서 잠시 밝아졌던 박건의 표정은 이내 다시 어두워졌다.

자신을 괴롭히는 난청이 떠올랐기 때문이었다.

'희망 고문이 아닐까?'

박건이 퍼뜩 그런 생각을 떠올렸을 때였다.

"왜 망설여?"

"그게……."

"밑져야 본전 아니냐?"

'밑져야 본전?'

그 말을 들은 박건의 생각이 또 한 번 바뀌었다.

이용운의 말대로였다.

며칠 더 은퇴를 미룬다고 하더라도 박건이 손해 볼 것은 별로 없었다.

"한번 시도는 해보죠."

박건이 고민 끝에 대답하자, 이용운이 소리쳤다.

"잘 생각했다."

*　　　*　　　*

퓨처스 리그.

한성 비글스와 마경 스왈로우스의 대결이 열렸다.

한성 비글스의 선발 라인업에 포함된 박건은 2번 타자 겸 좌익수로 양 팀의 퓨처스 리그 경기에 출전했다.

'얼마나 달라질까?'

밑져야 본전이란 생각에 은퇴를 조금 뒤로 미루긴 했다.

그렇지만 큰 기대는 없었다.

또, 은퇴를 오래 미룰 생각도 없었다.

'오늘이 은퇴 경기가 될 가능성이 높다.'

이렇게 판단한 박건이 정든 그라운드를 바라보았다.

1회 초 한성 비글스의 공격.

마경 스왈로우스가 내세운 선발투수는 양희종이었다.

"은퇴 경기로는 제격이네."

양희종은 2군이 아니라 1군에서 주로 활약하는 투수였다.

마경 스왈로우스의 3선발.

1선발과 2선발을 외국인 투수가 맡고 있다는 것을 감안하면, 마경 스왈로우스의 실질적인 토종 에이스라고 할 수 있었다.

비록 올 시즌에는 부상에 발목이 잡혀서 활약이 미미한 편이었지만, 몇 년 동안 꾸준히 1군 무대에서 10승 가까이 기록했던 투수.

햄스트링 부상에서 회복하고 재활을 마친 양희종은 1군 복귀전 마지막 점검 차원에서 퓨처스 리그 경기에 출전한 것이었다.

어쩌면 마지막이 될 수도 있는 경기.

타석에서 맞상대를 해야 하는 투수가 KBO 리그 수준급 투수인 양희종이라는 점이 박건은 오히려 마음에 들었다.

은퇴 경기에서 그저 그런 투수를 상대로 선수 생활을 마감하는 것.

영 내키지 않았기 때문이었다.

그래서 박건이 희미한 미소를 머금었을 때였다.

"누구 맘대로 은퇴 경기야?"

이용운이 못마땅한 목소리로 물었다.

"내 맘이죠."

"안 돼. 은퇴는 내가 허락할 수 없어."

"내 몸입니다. 그리고 내 몸은 내가 제일 잘 압니다."

이용운은 아직 박건의 청력에 이상이 있다는 사실을 알지 못하는 상황이었다.

그래서일까.

"흥, 곧 생각이 바뀔걸."

이용운이 코웃음을 치며 말했다.

"왜 생각이 바뀐다는 겁니까?"

"내가 했던 말이 틀리지 않다는 것을 곧 알게 될 테니까."

"과연 그럴까요?"

"두고 보라니까."

"어디 두고 보시죠."

박건이 콧방귀를 뀌었을 때였다.

"플레이볼!"

주심의 선언과 함께 경기가 시작됐다.

*　　　*　　　*

한성 비글스의 리드오프는 박선교.

테이블세터 임무를 부여받고 2번 타순에 포진된 박건이 대기 타석으로 걸어갈 때였다.

"주심의 경기 개시 선언과 함께 오늘 경기가 시작됐습니다. 오늘은 퓨처스 리그 경기임에도 불구하고 평소보다 많은 관중이 입장했는데요, 아마 길었던 재활을 마치고 1군 마운드 복귀를 앞두고 있는 양희종 선수가 투구하는 모습을 직접 보기 위해서 그의 팬들이 경기장을 많이 찾아왔기 때문일 겁니다. 과연 재활을 마친 양희종 선수의 구속이 얼마나 나오느냐? 또 구위를 얼마나 회복했느냐? 이 부분이 오늘 경기에서 가장 큰 관심사일……."

박건의 귓가로 이용운의 목소리가 파고들었다.

대기타석에 도착한 박건이 물었다.

"지금 뭐 하시는 겁니까?"

"뭘 하긴? 본업에 충실하고 있지."

"저기요."

"저기요?"

호칭이 마음에 들지 않기 때문일까.

이용운의 목소리가 뾰족해졌다.

"일단 호칭부터 정리하자."

"앞으로 해설위원님이라고 부를까요?"

"그건 내가 싫다."

"왜 싫으신데요?"

"…잘렸거든."

한 박자 늦게 돌아온 이용운의 대답을 박건은 놓치지 않았다.

"잘렸다고요? 언제요?"

"얼마 전에 계약 해지 통보를 받았었다."

이용운이 씁쓸한 목소리로 대답했다.

아픈 곳을 건드렸다는 미안함에 박건이 서둘러 화제를 돌렸다.

"그럼 어떻게 부를까요?"

"그냥 선배님이라고 불러."

"선배…요?"

"나도 각광받진 못했지만, 프로선수 출신이야. 그리고 해설위원도 엄연한 야구계 선배잖아."

"알겠습니다. 앞으로 선배님이라고 부르겠습니다."

박건이 순순히 수긍한 순간, 이용운이 밝아진 목소리로 물었다.

"그런데 아까 왜 불렀어? 무슨 할 말 있어?"

"네, 선배님. 이런 말씀 드리긴 뭐하지만… 돌아가셨거든요."

"굳이 그렇게 다시 알려주지 않아도 나도 이미 주지하고 있는 사실이다."

"잘 알고 있으면서 왜 그러시는 겁니까? 어차피 사람들이 듣지도 못하는데 해설을 해봐야 무슨 소용이 있습니까?"

"약속이다."

이용운에게서 대답이 돌아온 순간, 박건이 조심스럽게 물었다.

"설마 시청자들과의 약속이란 말씀을 하시려는 건 아니시겠죠?"

"당연히 아니다."

"그럼요?"

"너와 약속했지 않느냐?"

"……?"

"너만을 위한 해설을 하겠다고 약속했었다. 그 약속을 지키기 위해서 지금 해설을 하고 있는 것이다."

이용운이 당연하다는 듯이 대꾸한 순간, 박건이 적잖이 당황했다.

'아, 진짜 적응 안 되네!'

경기 중에 해설이 들리는 것.

머리털 나고 처음 경험하는 일이었다.

당연히 적응이 될 리 없었다.

또, 계속 신경이 분산됐다.

"저한테도 독설을 퍼부으실 겁니까?"

"형편없는 플레이를 하면 당연히 그래야지."

"그냥 해설 안 하시면 안 됩니까?"

"내 밥줄을 끊겠다고?"

"그게 아니라… 딱 필요한 말만 하시면 안 됩니까?"

"내가 말이 너무 많다는 뜻이냐?"

"솔직히 좀 그런 편이죠."

"너한테 좀 더 많은 정보를 알려주고 싶어서 그래. 그리고 이게 익숙해서 그래."

박건이 마지못한 표정으로 고개를 끄덕였다.

생전 이용운의 직업은 해설위원.

경기 중에 이렇게 해설을 하는 게 당연히 익숙할 것이었다.

그때였다.

"또, 이렇게 해설을 하고 있으니까 꼭 살아 있는 느낌이야."

이용운이 힘없는 목소리로 덧붙인 이야기를 들은 순간, 박건의 마음이 약해졌다.

'그래. 착한 내가 좀 참자.'

어차피 이번 경기가 은퇴 경기가 될 가능성이 높은 상황.

경기시간은 길어봐야 서너 시간이었다.

그래서 서너 시간만 참고 이용운의 해설을 들어주기로 박건이 막 결심했을 때였다.

팡!

양희종이 던진 초구가 포수의 미트로 파고들었다.

"스트라이크!"

한복판으로 들어온 직구를 타석에 서서 지켜보았던 박선교가 고개를 절레절레 흔들었다.

'구속이 빠르다?'

박선교가 고개를 절레절레 내젓는 이유가 구속이 빨라서라고 판단했을 때였다.

"재활을 마친 양희종 선수의 구속. 부상 전에 비하면 약 5㎞ 정도 줄었네요. 전성기 시절의 구위도 아직 완전히 회복하지 못했고요."

이용운의 해설을 들은 박건이 놀란 표정으로 물었다.

"어떻게 아셨습니까?"

"뭘?"

"스피드건으로 확인도 안 했는데 양희종 선수의 직구 구속이 줄었다는 걸 대체 어떻게 안 겁니까? 그리고 구위가 줄었다는 것은 또 어떻게 아셨습니까?"

"다 아는 수가 있지."

이용운이 대답한 순간, 박건이 슬쩍 눈살을 찌푸렸다.

"그냥 막 던지는 것 아닙니까?"

"뭐?"

"어차피 양희종의 구속을 확인할 길도 없다. 그래서 그냥 아무렇게나 막 던지시는 것 아닙니까?"

"나는 해설할 때 모르는 것을 안다고 말한 적이 한 번도 없다."

이용운이 발끈하며 반박했다. 그러나 박건의 입장에서는 여전히 순순히 믿기 어려웠다.

해서 박건이 다시 물었다.

"그럼 양희종의 직구 구속이 부상 전보다 5㎞ 줄었다는 것을 대체 어떻게 아신 겁니까?"

"시간을 통해 알았다."

"……?"

"투수의 손에서 공이 떠난 순간부터 포수의 미트로 공이 파고들 때까지 걸리는 시간이 다르거든."

산술적으로 불가능한 이야기는 아니었다.

마운드에서 홈플레이트까지의 거리는 일정했고, 투수의 손을 떠난 공이 포수의 미트에 도착할 때까지 걸린 정확한 시간을 알면 스피드건이 없더라도 대략적이나마 구속을 계산해 낼 수 있었으니까.

그렇지만 순순히 믿기 어려운 이야기인 것은 마찬가지였다.

'그게 가능해?'

이용운은 초시계도 소지하고 있지 않았다.

'그런데 양희종의 손을 떠난 공이 포수의 미트에 도착하는 데 걸린 시간을 정확히 알아냈고, 그것을 이용해 구속을 계산해서 부상 전보다 약 5km가량 직구의 구속이 줄었음을 알아냈다?'

박건이 불가능하다고 막 판단한 순간이었다.

"왜? 못 믿겠어?"

박건의 표정을 통해 생각을 읽은 이용운이 물었다.

"솔직히 믿기 어렵네요."

박건이 솔직하게 대답한 순간, 이용운이 다시 말했다.

"내가 중계한 경기가 몇 경기나 되는 줄 알아? 프로야구에 아마 야구까지 합하면 족히 이천 게임은 될 거야. 그렇게 많은 경기를 중계하다 보니까 어느 순간부터 자연히 투수의 손을 떠난 공이 포수의 미트에 도착하는 데까지 걸리는 시간이 정확하게 예측되더라고. 그걸 통해 구속을 알아낼 수 있게 된 거지."

"그럼 구위는요? 양희종이 부상 이전의 구위를 회복하지 못했다는 건 어떻게 알 수 있었습니까? 타석에 서서 공을 본 것도 아니지 않습니까?"

"그것도 아는 수가 있지."

"어떻게 말입니까?"

"소리다."

"소리요?"

"그래. 투수가 던진 공이 포수의 미트에 파고드는 소리를 통해서 구위를 예측할 수 있게 됐다."

'이걸 믿어? 말아?'

박건이 고민하고 있을 때, 양희종이 박선교를 상대로 던진 2구째 공이 포수의 미트로 파고들었다.

팡.

그 순간, 이용운이 물었다.

"너도 들었지?"

"뭘요?"

"포수의 미트에 공이 박히는 소리가 영 매가리가 없잖아."

'정말 그랬나?'

박건이 고개를 갸웃했을 때, 이용운이 답답하다는 듯이 소리쳤다.

"이걸 듣고도 모르겠어? 너, 귀가 멀기라도 했냐?"

*　　　*　　　*

'역시 독설가!'

너 귀가 멀었냐는 이용운의 외침을 들은 순간, 박건이 미간을 찌푸렸다.

만약 박건의 청력에 이상이 없었다면?

그냥 한 귀로 듣고 한 귀로 흘렸으리라.

그렇지만 박건은 청력에 문제를 갖고 있었다. 그래서 방금 이용운이 한 말이 더욱 아프게 다가왔다.

'참자. 모르고 한 말이니까.'

박건이 치미는 화를 누르기 위해 애썼다.

그렇지만 그게 뜻대로 되지 않았다.

결국 박건이 참지 못하고 한마디 쏘아붙였다.

"혹시 구마 의식이란 말, 들어보셨습니까?"

"구마 의식? 그게 뭔데?"

"악령을 쫓는 의식입니다."

"그래? 우리 후배, 보기보다 유식하다. 그런 것도 알고."

이용운이 칭찬한 순간, 박건이 덧붙였다.

"구마 의식이란 걸 제가 받아볼 생각입니다."

"그걸 왜 받아?"

"악령이 들러붙었으니까요."

"설마… 내가 악령이라는 거냐?"

"왜요? 찔리세요?"

매섭게 쏘아붙인 박건이 타석에 서 있는 박선교를 바라보았다.

슈악.

노 볼 2스트라이크 상황에서 양희종이 던진 3구째 공의 구종은 슬라이더.

그렇지만 멀리서 봐도 볼이라는 것을 알아챌 수 있을 정도로 스트라이크존을 크게 벗어난 양희종의 슬라이더는 원바운드로 포수의 미트로 빨려 들어갔다.

"볼!"

주심이 볼을 선언한 순간, 마운드에 서 있던 양희종이 슬쩍 미간을 찌푸렸다.

그때, 이용운이 다시 본업에 충실하기 위해서 해설을 시작했다.

"양희종 선수, 타자의 헛스윙을 유도하기 위해서 유인구로 슬라이더를 선택했지만, 스트라이크존을 크게 벗어났네요. 변화구는 아직 제구가 뜻대로 안 되나 보네요."

"……."

"야! 왜 아무 말도 안 해?"

박건이 잠자코 있자, 이용운이 물었다.

"날더러 갑자기 무슨 말을 하란 겁니까?"

"사람이 말을 했으면 받아주는 게 예의 아니야?"

그 이야기를 들은 박건이 한숨을 내쉬었다.

"혹시 저더러 캐스터 역할을 해달란 겁니까?"

"캐스터 역할까진 아니고, 가끔씩 말 정도는 받아달라는 뜻이야. 혼자 떠들려니까 좀 외롭고 어색해서 그래."

"저는 캐스터가 아닙니다."

박건이 딱 잘라 거절하자, 이용운이 한숨을 내쉬었다.

"명재가 그립다."

"명재가 누굽니까?"

"함명재 몰라? 걔가 캐스터 중에서는 제일 나았어. 내 말도 잘 받아줬고."

그제야 박건은 이용운이 말한 명재가 누군지 알아챘다.

NBS 스포츠채널의 야구 캐스터 함명재.

그는 부드러운 목소리 톤과 재치 있는 입담으로 야구팬들의 사랑을 받는 캐스터였다.

이용운 해설위원과도 자주 호흡을 맞췄던 캐스터였고.

그렇지만 박건은 어디까지나 프로야구선수였다.

캐스터 역할까지 떠맡을 생각은 손톱만큼도 없었다.

해서 박건이 재차 말했다.

"입 좀 다무시죠."

"왜 입을 다물라는 건데?"

"내 타석입니다."

"응? 그새 박선교가 죽었어?"

이용운이 놀란 목소리를 꺼냈을 때, 박건이 말했다.

"집중하게 입 좀 다물어주세요."

그 말을 끝으로 박건이 타석을 향해 걸어갔다.

*　　　　*　　　　*

'내가 양희종의 공을 때려낼 수 있을까?'

타석에 들어선 박건이 마른침을 꿀꺽 삼킨 후, 마운드에 서 있는 양희종을 바라보았다.

한성 비글스의 리드오프인 박선교를 삼진으로 돌려세웠음에도 불구하고, 양희종은 슬쩍 미간을 찌푸리고 있었다.

자신의 투구가 별로 마음에 들지 않는 표정이었다.

박건을 쏘아보는 양희종의 눈빛은 무척 매서웠다.

슈아악.

잠시 후, 양희종이 와인드업을 마치고 초구를 던졌다.

"스트라이크."

한복판에 꽂힌 직구를 그대로 흘려보낸 박건이 한숨을 내쉬었다.

'빨라!'

마경 스왈로우스의 토종 에이스 역할을 맡았던 양희종의 공은 확실히 빨랐다.

퓨처스 리그에서 뛰는 다른 투수들의 공보다 훨씬 더 빠르게 느껴졌다.

타석에서 양희종의 직구를 지켜본 박건이 위축됐을 때였다.

"아, 한복판으로 들어오는 밋밋한 직구. 실투나 다름없는 공이었는데 타자가 실투를 놓쳤어요."

이용운의 해설이 들렸다.

'이게… 실투라고?'

박건은 배트를 내밀어 볼 엄두도 내지 못했을 정도로 빠른 공이었다. 그래서 실투라는 이용운의 표현이 틀렸다고 판단하던 박건이 와락 인상을 구겼다.

'해설하지 말라니까.'

양희종은 투구 템포가 빠른 편이었다.

'다음 공은 뭘까?'

양희종이 2구째로 던질 구종과 코스를 간파하기 위해서 수 싸움을 하기에도 시간이 부족한 상황이었다.

그런데 이용운이 해설하는 목소리가 자꾸 들려서 신경이 쓰이는 탓에 생각을 이어나가기도 어려웠다. 그러나 이용운은 이런 박건의 속내를 전혀 알아채지 못하고 계속 말을 이어나갔다.

"이런 실투를 놓친다면 좋은 타자가 될 수 없죠. 수 싸움에서 밀린 게 틀림없어요. 누가 봐도 직구가 들어올 타이밍이었는데……."

슈아악.

그사이 양희종이 던진 2구가 날아들었다.

역시 한복판으로 들어온 직구.

박건은 이번에도 배트를 내밀지 못하고 지켜보기만 했다.

"아, 또 실투를 놓쳤어요. 투수가 실투를 잇따라 던졌는데 배트조차 휘두르지 못했다는 것이 타석에 들어서 있는 타자가 얼마나 집중하지 못하는지……."

"에이. 진짜 못 해먹겠네!"

참는 데도 한계가 있었다.

박건이 헬멧을 벗어서 바닥에 내동댕이치려는 자세를 취하며 버럭 소리쳤다.

"그만 좀 하라니까."

박건이 화를 낸 대상은 이용운이었다.

그렇지만 이용운은 박건은 물론이고, 어느 누구의 눈에도 보이지 않는 존재였다.

영혼이었으니까.

그래서일까.

주심과 포수, 그리고 마운드에 서 있던 양희종까지.

박건의 돌발 행동에 당황한 기색이 역력했다.

'이런 게… 갑분싸구나.'

갑분싸.

갑자기 분위기가 싸해진다는 표현의 줄임말로 요새 유행하는 신조어였다.

그래서 몇 번 들어본 적이 있는 표현이었는데.

박건은 지금 상황이 딱 갑분싸라는 표현과 어울리는 상황이라고 판단했다.

"왜 그래?"

"네?"

"무슨 문제 있어?"

주심이 마스크를 벗으며 박건에게 물었다.

'귀신이 들러붙었어요. 그것도 엄청 시끄러운 귀신. 그래서 타석에서 도저히 집중할 수가 없어요.'

이렇게 대답할 수는 없는 노릇.

당황해서 우물쭈물하던 박건이 억지 핑계를 짜냈다.

"날파리 때문에요. 자꾸 눈앞에서 윙윙거리면서 날아다녀서 타석에서 집중을 할 수가 없네요."

"날파리? 내 눈에는 안 보이는데?"

"분명히 있었어요."

"됐고. 대충 해결했으면 빨리 진행하자고."

주심이 경기 속개를 지시했다.

박건이 다시 헬멧을 눌러썼을 때였다.

"혹시 나한테 한 소리였냐?"

"……"

"왜 대답이 없어? 나한테 했던 말, 맞지?"

"……"

"침묵의 의미는 긍정. 나한테 한 말 맞네. 맞지?"

이용운은 무척 끈질겼다.

그렇지만 박건은 끝내 대답하지 않고 타석에서 집중하기 위해 애썼다.

슈악.

그리고 3구째.

양희종이 선택한 구종은 슬라이더였다.

좌타자의 바깥쪽으로 휘어져 나가는 슬라이더에 박건의 배트가 딸려 나갔다.

"스트라이크아웃!"

삼구삼진을 당한 박건이 더그아웃으로 돌아갔다.

퍽.

더그아웃에 도착하자마자, 박건은 헬멧을 벗어서 바닥에 내던지며 참고 참았던 화를 표출했다.

"빌어먹을!"

삼진을 처음 당하는 것은 아니었다.

그렇지만 이번 삼진은 너무 화가 났다.

우선 스트라이크존을 크게 벗어난 슬라이더에 배트가 딸려 나가서 허무하게 삼진을 당한 자신의 한심한 선구안에 화가 났다.

그리고 더 화가 나는 것은 타석에서 전혀 집중하지 못했다는 것이었다.

쉴 새 없이 떠들어대는 이용운 때문이었다.

어쩌면 자신의 은퇴 경기가 될 수도 있는 오늘 경기에서 한 타석을 허무하게 날린 것이기에 더 아쉽고 화가 나는 것이었다.

그때였다.

"애꿎은 헬멧은 왜 집어 던져? 야구 못하는 놈들이 꼭 그렇게 성질부리더라."

이용운이 핀잔을 건넨 순간, 박건의 표정이 일그러졌다.

방귀 뀐 놈이 성낸다더니.

지금이 딱 그 짝이었다.

박건이 타석에서 전혀 집중하지 못하고 허무하게 삼구삼진으로 물러난 원인 제공자가 바로 이용운이었다.

그 원인 제공자가 이런 핀잔을 건네는데 어찌 화가 나지 않을까.

"제발, 제발 입 좀 다물고……."

"내 말을 귀담아들었어야지."

"……?"

"양희종은 오늘 변화구 제구가 안 된다고 그랬잖아. 그러니까 변화구는 버리고 직구를 노렸어야지."

'그런 말을 했었나?'

박건이 필사적으로 화를 누르며 기억을 더듬었다.

"양희종 투수, 타자의 헛스윙을 유도하기 위해서 유인구로 슬라이더를 선택했지만, 스트라이크존을 크게 벗어났네요. 변화구는 아직 제구가 뜻대로 안 되나 보네요."

잠시 후, 박건은 이용운이 아까 했던 말을 떠올리는 데 성공했다.

그 말을 떠올리는 데 꽤 시간이 걸렸던 이유.

'말이 너무 많잖아!'

이용운의 말이 너무 많아서였다.

그때, 이용운이 덧붙였다.

"다음 타석에는 변화구를 버리고 직구만 노려."

*　　　*　　　*

'이대론 안 된다.'

간신히 흥분을 가라앉힌 박건이 가장 먼저 떠올린 생각이었다.

'제대로 갑분싸였어.'

양희종을 상대했던 첫 타석에서 박건은 "에이. 진짜 못 해먹겠네. 그만 좀 하라니까."라고 버럭 소리쳤다.

갑자기 싸해졌던 분위기는 박건을 당혹스럽게 만들기에 충분했다.

이용운의 해설이 귀에 들리는 것보다, 갑자기 싸해진 분위기로 인한 당혹감이 박건이 타석에서 집중하지 못했던 더 큰 이유였다.

'계속 같은 상황이 반복될 거야.'

이용운은 현재 영혼인 상태.

박건은 물론이고, 다른 사람의 눈에도 보이지 않았다.

또, 다른 사람들에게는 이용운의 목소리도 들리지 않았다.

그런데 계속 박건이 이용운과 대화를 한다면, 당연히 이상하게 여길 터였다.

'미친놈 취급을 받을 확률이 높아.'

거기까지 생각이 미친 박건은 해결책을 찾기로 결심했다.

"저기요."

"선배라고 부르라니까."

"선배님."

"왜?"

'들리나 보네.'

박건이 두 눈을 빛냈다.

처음 "저기요."라고 불렀을 때에 비해 "선배님."이라고 불렀을 때, 박건은 성량을 훨씬 줄였다.

곁에 있는 사람도 잔뜩 신경을 기울이지 않으면 듣지 못할 정도로 작은 성량임에도 불구하고 이용운은 반응했다.

'그럼 이번에는?'

"말 많은 독설가 양반."

박건이 귓속말을 건네듯이 작은 목소리로 이용운을 불렀다.

"방금 말 많은 독설가 양반이라고 그랬어?"

'들린다.'

이번에도 역시 이용운이 반응한 순간, 박건이 속으로 쾌재를 불렀다.

"귀가 참 밝네요."

"갑자기 그 이야기는 왜 꺼내는 거냐? 그리고 왜 아까부터 작게 얘기하는 거야? 혹시……?"

"혹시 뭡니까?"

"내가 부끄럽냐?"

"네, 부끄럽습니다."

"뭐?"

이용운이 발끈한 순간, 박건이 덧붙였다.

"저 혼자 허공에 대고 얘기한다고 생각할 것 아닙니까? 꼭 미친놈처럼 바라보니 어찌 안 부끄럽겠습니까?"

그제야 말귀를 이해한 이용운이 말했다.

"앞으로 귓속말하듯 작게 말해도 돼. 난 잘 들리니까. 고맙지?"

"제가 지금 누구 때문에 미친놈 취급을 받고 있는데 고맙겠습니까?"

"흥, 곧 내게 고마움을 느끼게 될 거야."

"과연 그럴까요?"

박건이 영 못 미더운 표정을 지었을 때, 이용운이 말했다.

"네 타석이다. 이번에는 집중하자."

제4장

0—2.

3회가 끝났을 때의 스코어였다.

4회 초 선두타자로 박건이 오늘 경기 두 번째 타석에 들어섰다.

마경 스왈로우스의 마운드는 여전히 양희종이 지키고 있었다.

1피안타 무실점.

3회까지 양희종이 남긴 투구 기록이었다.

안타는 단 하나만 허용했고, 그 안타조차도 빗맞은 텍사스안타였다.

툭. 툭.

타석에 들어선 박건이 헬멧을 주먹으로 두드렸다.

타석에서 집중하기 위한 박건의 습관.

그리고 준비를 마치자마자 양희종이 투구했다.

'직구가 들어올 거야.'

슈아악.

박건의 예상이 적중했다.

아니, 이용운의 예상이 적중한 셈이었다.

한복판으로 날아드는 직구를 확인한 박건이 힘껏 배트를 휘둘렀다.

딱!

직구가 들어올 것을 예상하고 배트를 휘둘렀음에도 불구하고, 경쾌한 타격음 대신 둔탁한 타격음이 흘러나왔다.

1루 측 관중석으로 날아가는 파울 타구.

'밀렸다.'

자신의 배트 스피드가 구속을 따라가지 못해서 타이밍이 밀렸다고 박건이 판단한 순간이었다.

이용운이 말했다.

"박건 선수, 쳐도 못 먹네요."

*　　　*　　　*

박건이 슬쩍 미간을 찌푸렸다.

이용운의 목소리가 다시 들려온 탓에, 신경이 거슬려서가 아니었다.

자신이 한심해서 화가 난 것이었다.

'틀린 말이 아냐.'

쳐도 못 먹었다는 이용운의 표현은 적절했다.

직구가 들어올 것을 예상했고, 코스도 한복판이었다.

그런데도 정타를 만들어내지 못했으니, 줘도 못 먹은 셈이었다.

그때였다.

"박건 선수, 스윙이 너무 커요. 그래서 양희종 선수의 직구 구속이 그리 빠르지 않음에도 타이밍이 밀리는 겁니다. 배트를 좀 더 짧게 쥐고, 더 간결하게 스윙을 해야만, 타이밍이 밀리지 않을 수 있어요."

이용운의 해설이 이어졌다.

그 해설을 귀담아듣고 있던 박건이 입맛을 쩝 다셨다.

역시 틀린 말이 아니었기 때문이었다.

그렇지만 문제는 타이밍이었다.

사후 약방문이랄까.

이미 양희종이 초구로 던진 실투성 직구를 한 차례 놓친 상황이었다.

양희종과의 수 싸움에서 또 앞설 수 있는 가능성은 낮아져 있었다.

그때였다.

"아마 양희종 선수는 2구째도 직구를 던질 겁니다. 변화구 제구가 안 된다는 걸 의식하고 있기 때문입니다."

'또 직구를 던질 거라고?'

못 미더운 표정을 짓고 있던 박건이 참지 못하고 물었다.

"정말 직구를 던질까요?"

"응. 분명히 직구를 던질 거야."

"하지만……."

"아까도 얘기했듯이 변화구 제구가 잘 안 돼. 그리고 그 이유만이 아냐. 양희종은 지금 자만하고 있어."

"자만하고 있다고요?"

"그래. 한심한 2군 선수들을 상대하고 있으니까."

이용운의 말이 끝나자마자, 박건이 미간을 찡그렸다.

방금 이용운이 말한 한심한 2군 선수에 박건도 포함되어 있기 때문이었다.

그러나 이용운은 박건의 반응에 아랑곳하지 않고 독설을 이어나갔다.

"한복판으로 직구만 계속 던져도 내 공을 아무도 못 건드린다. 이런 확신이 생겼거든. 이건 양희종의 잘못이 아냐. 나라도 자만심이 생겼을 테니까. 오히려 한복판으로 직구만 던지고 있는데도 쩔쩔매고 있는 한심한 2군 선수들을 탓해야지."

박건이 지그시 입술을 깨물었다.

분하긴 했지만, 반박할 말이 마땅치 않았기 때문이었다.

'어쨌든 직구를 또 던질 거란 말이지.'

지금은 말이 아니라 행동으로 보여줄 때다.

이렇게 판단한 박건이 입을 다물고 배트를 고쳐 쥐었다.

'배트를 좀 더 짧게 쥐고, 스윙을 더 간결하게.'

이용운이 해설 중에 했던 충고를 속으로 되뇌며 박건이 타석에서 집중하기 시작했다.

슈아악.

그리고 이용운의 예상은 또 적중했다.

양희종은 2구째도 직구를 던졌다.

역시 한가운데로 들어오는 직구를 확인한 박건이 배트를 휘둘렀다.

따악.

아까와는 달리 경쾌한 소리가 흘러나왔다.

박건이 때린 타구는 투수 양희종의 곁을 빠르게 스쳐 지나가 내야를 빠져나가면서 깔끔한 중전안타가 됐다.

타다다닷.

1루로 전력 질주 했던 박건이 주먹을 불끈 움켜쥐었다.

'내가 해냈다.'

다른 투수도 아니고 마경 스왈로우스의 토종 에이스인 양희종을 상대로 안타를 생산해 냈다는 사실이 박건의 기분을 들뜨게 만들었다.

그렇지만 이용운은 어김없이 들뜬 기분에 찬물을 끼얹었다.

"쯧쯧."

혀를 끌끌 차는 소리가 박건의 신경을 곤두서게 만들었다. 그리고 혀 차는 소리가 다가 아니었다.

"주먹을 불끈 움켜쥐며 기뻐하는 박건 선수, 제 눈에는 무척 한심하게 보입니다. 지금은 기뻐할 때가 아니거든요."

그 이야기를 들은 박건이 발끈하며 물었다.

"왜 한심하게 보인다는 겁니까?"

"부상의 여파로 양희종 선수의 직구 구속은 140㎞대 초반에 불과합니다. 게다가 한가운데 직구가 들어올 것을 이미 알고 있는 상황임에도 박건 선수는 고작 단타를 쳤죠. 최소 2루타 이상의 장타, 아니, 홈런을 때려냈어야 당연한 상황인데 말이죠."

"쯥."

박건이 입맛을 다셨다.

이번에도 반박할 말이 마땅치 않았기 때문이었다.

그때, 이용운이 덧붙였다.

"그래도 후배의 수준치고는 잘했다."

"……?"

"어떠냐? 이제 내 말에 신뢰가 생기기 시작하냐?"

＊　　　＊　　　＊

"한심하기 짝이 없네."

이용운이 팔짱을 낀 채 중얼거렸다.

2군 선수들이 주축이 되어 펼치는 한성 비글스와 마경 스왈로우스의 퓨처스 리그 경기의 수준.

한심하게 느껴질 정도로 형편없었다.

공격, 수비, 그리고 벤치의 작전 지시와 경기 운영까지.

전부 엉성하기 그지없었다.

그래서 한숨을 내쉬던 이용운의 입가로 잠시 후 미소가 떠올랐다.

'그래서 해설할 맛은 더 나네.'

양 팀 선수들이 펼치는 경기력이 한심하다 보니 자연히 독설을 퍼부을 기회가 많았다.

1군 경기보다 퓨처스 리그 경기를 해설하는 게 더 적성에 맞는다는 생각을 이용운이 하고 있을 때였다.

따악!

경쾌한 타격음이 울려 퍼졌다.

'크다!'

좌중간 방면으로 날아온 라인드라이브성 타구는 배트 중심에 제대로 걸린 편이었다.

'서두르면 잡을 수 있다.'

타구 판단을 정확하게 하고 빠르게 스타트를 끊는다면, 충분히 잡아낼 수 있는 타구라고 판단했던 이용운이 표정을 굳혔다.

박건이 타구를 쫓아서 스타트를 끊는 타이밍.

반박자 정도 늦었기 때문이었다.

시간으로 환산하자면 약 0.5초.

무척 짧은 시간이었다.

그렇지만 이 짧은 시간의 머뭇거림이 만들어내는 차이는 컸다.

외야로 날아오는 라인드라이브성 타구를 잡아낼 수 있느냐, 잡아내지 못하느냐가 갈리는 것은 수십 센티미터 차이였기 때문이었다.

0.5초가량 스타트를 끊는 것이 늦어지면, 그 수십 센티미터의 차이를 발생시켰다.

이용운의 예상대로였다.

뒤늦게 스타트를 끊고 열심히 타구를 쫓아간 박건이 글러브를 높이 들어 올렸지만, 타구는 글러브를 살짝 넘기고 그라운드에 떨어졌다.

원바운드로 펜스를 직격한 타구 쪽으로 박건이 달려갔다.

"내가 더 빨라. 내가 잡을게."

역시 타구를 열심히 쫓아온 중견수 황대일이 소리쳤다.

'중견수가 잡는 게 맞아.'

공에 더 가까운 것은 박건이었다. 그렇지만 송구하기에 더 유리한 위치에 있는 것은 중견수 황대일이었다.

'2루타에서 막을 수 있겠군.'

타자주자의 위치를 확인한 이용운이 이렇게 판단한 순간이었다.

박건은 공을 향해 달려드는 것을 멈추지 않았다.

'왜 이래?'

이용운이 의아한 표정을 지은 순간이었다.

쿵.

좌익수 박건과 중견수 황대일이 부딪쳤다.

강하게 부딪친 탓에 박건과 황대일이 쓰러진 사이, 타자주자는 3루로 내달렸다.

빙글빙글.

이용운의 눈에 팔로 크게 원을 그리는 마경 스왈로우스 3루 코치의 모습이 들어왔다.

홈까지 파고드는 것이 가능하다고 판단한 것이었다.

'그라운드홈런?'

박건의 수비 실책으로 인해 그라운드홈런을 허용할 위기에 처한 순간, 이용운의 입이 근질거렸다.

독설을 퍼붓고 싶어서였다.

"콜플레이가 전혀 안 되는……."

그래서 독설 해설을 시작했던 이용운은 곧 입을 다물었다.

황대일보다 먼저 일어난 박건이 공을 집어 들어 중계플레이를 시작했기 때문이었다.

'늦었어!'

이미 늦었다고 판단했던 이용운이 두 눈을 치켜떴다.

쉬이익.

박건의 손을 떠나 낮고 빠르게 날아간 송구가 유격수에게 노바운드로 전달됐기 때문이었다. 그리고 유격수가 던진 공은 홈플레이트 앞에서 기다리고 있던 포수에게 정확히 도착했다.

"아웃!"

수비 실책을 틈타 그라운드홈런을 노렸던 타자주자는 홈에서 태그아웃을 당했다.

그 일련의 과정을 모두 지켜본 이용운이 놀란 표정으로 중얼거렸다.

"어깨 하나는 끝내주네."

*　　　*　　　*

2타수 1안타. 1실책.

퓨처스 리그 경기에 출전했던 박건이 남긴 기록이었다.

박건이 두 타석밖에 소화하지 못한 이유.

아까 수비 과정에서 발생한 충돌로 인한 부상을 우려한 천우종 감독이 교체를 지시했기 때문이었다.

"멀쩡합니다. 더 뛸 수 있습니다."

박건이 경기를 계속 뛰고 싶다는 의사를 밝혔지만, 천우종 감독은 교체를 단행했다.

"이제… 끝인가?"

더그아웃 구석 자리에 앉은 박건이 양손으로 머리를 감싸 쥐었다.

어쩌면 오늘 경기가 은퇴 경기가 될 수도 있다고 생각했는데.

진짜 생각대로 됐다.

박건은 오늘 경기를 끝으로 은퇴하기로 결심했다.

은퇴 결심을 굳힌 계기는 5회 말 수비 상황.

마경 스왈로우스의 6번 타자 장충기가 좌중간으로 라인드라이브성 타구를 날렸을 때, 박건은 두 가지 실수를 범했다.

첫 번째 실수는 타구 판단이 늦었다는 것이었다.

타구 판단이 늦어지니 자연스레 타구를 쫓기 위해 스타트를 끊는 것도 늦어졌고, 간발의 차로 타구를 잡아내지 못했다.

만약 타구 판단이 빨라서 스타트를 끊는 것이 조금만 더 빨랐다면?

충분히 잡아낼 수 있었던 타구였다.

두 번째 실수는 원바운드로 펜스를 직격한 타구를 처리하는 과정에서 발생했다.

중견수 황대일은 본인이 타구를 잡아서 처리하겠다는 의사를 밝혔다. 그리고 황대일의 선택이 옳았다.

황대일이 공을 잡는 편이 송구하기에 더 유리했기 때문이었다.

그렇지만 박건은 황대일이 콜플레이를 하는 것을 듣지 못했다.

오른쪽 귀의 난청 때문이었다.

그로 인해 박건과 황대일은 타구를 처리하는 과정에서 충돌했고, 황대일은 불의의 부상까지 입었다.

물론 박건의 송구가 정확했던 덕분에 실책을 틈타서 홈까지 쇄도하던 타자주자 장충기를 아웃시키는 데는 성공했다.

그러나 그건 중요치 않았다.

'다 내 청력에 문제가 있어서 발생했던 상황이야.'

비록 가벼운 부상이라고는 하나, 황대일이 부상을 입었다는 사실을 알게 된 순간, 박건은 미안했다.

양두호 감독에 이어 황대일까지.

자신이 안고 있는 청력 문제로 인해 다른 사람들에게 피해를 주게 된 것이 박건이 은퇴를 결심한 가장 큰 계기였다.

'진짜 마지막이구나!'

박건이 천천히 고개를 들었다.

낯익은 그라운드와 더그아웃, 그리고 코끝을 찌르는 선수들의 땀 냄새까지.

당연했던 것들과 작별이 다가온 순간, 슬펐다. 그래서 박건이 그라운드에서 시선을 떼지 못하고 있을 때였다.

"명백한 본헤드플레이였다."

이용운이 질책했다.

"이건 분명히 짚고 넘어가야겠다."

그가 진중한 목소리로 덧붙였지만, 박건은 고개를 흔들며 대답했다.

"그럴 필요 없습니다."

"왜 그럴 필요가 없다는 거야? 똑같은 실수를 반복하지 않으려면……."

"은퇴할 거니까요."

박건이 말을 마친 순간, 이용운이 언성을 높였다.

"실수 한 번 했다고 은퇴를 하면……."

"한 번이 아닌 거, 아시지 않습니까?. 그리고 제가 똑같은 실수를 계속 반복하는 이유는 이미 알고 있습니다."

이용운의 말문이 막힌 순간, 박건이 덧붙였다.

"청력에 문제가 있어요."

*   *   *

"오른쪽 귀가 잘 들리지 않아요."

박건의 고백을 들은 이용운이 충격에 휩싸였다.

청천벽력.

말 그대로 마른하늘에 날벼락을 맞은 느낌이었다.

'한쪽 귀가 들리지 않는다고?'

두 눈을 부릅뜨고 있던 이용운이 천천히 고개를 끄덕였다.

박건의 한쪽 귀가 들리지 않는다는 사실을 뒤늦게 알고 나자, 비로소 퍼즐이 맞춰지는 느낌이었다.

'그래서였구나!'

수비 시에 타구를 쫓아가기 위해서 스타트를 끊는 것이 반박자가량 늦었던 것, 그리고 동료 선수와 콜플레이가 전혀 이루어지지 않았던 것.

박건의 플레이를 지켜보면서 이용운은 의아함을 품고 있었다.

그런데 한쪽 귀가 잘 들리지 않는다는 박건을 고백을 듣고 난후, 그 의아함이 일시에 해소됐다.

"대단하구나."

이용운이 부지불식간에 말했다.

"실망하셨습니까?"

"실망?"

"청력에 문제가 있다는 것을 감추고 선수 생활을 이어온 제게 실망하셨기 때문에 대단하다고 비꼰 것 아닙니까?"

"그런 뜻이 아니다."

이용운이 바로 대답했다.

박건은 단단히 착각하고 있었다.

이용운이 대단하다고 말했던 것.

비꼬기 위해서 꺼낸 말이 아니었다.

청력에 문제가 있는 상황에서도 박건이 선수 생활을 이어온 것이 대단하다고 느꼈기 때문에 진심을 담아 감탄했던 것이었다.

'표가 안 났어!'

박건의 청력에 문제가 있다는 사실.

이용운은 전혀 알아채지 못했다.

그리고 이용운만이 아니었다.

다른 해설위원들과 팬들, 감독과 코치들, 심지어 함께 그라운드에서 뛰는 다른 선수들도 그 사실을 알아채지 못했다.

이건 결코 쉬운 일이 아니었다.

한쪽 귀가 들리지 않을 때, 당연히 일상생활에 불편함을 느낀다.

하물며 야구선수는 더하다.

야구선수에게 소리는 무척 중요하기 때문이었다.

그럼에도 불구하고 마치 정상인처럼 박건이 선수 생활을 계속해 왔다는 것은 그가 보이지 않는 곳에서 피나는 노력을 했기 때문이었다.

'운동신경이 엄청나!'

이용운은 박건의 신체 조건과 운동신경이 막연히 좋다고만 생각했다.

그래서 좋은 신체 조건과 운동신경을 갖추고 있음에도 불구하고 프로 무대에서 기량을 꽃피우지 못했던 박건을 보면서 안타까워했었고.

그런데 박건이 갖춘 운동신경은 이용운의 예상 범위를 뛰어넘었다.

한쪽 귀가 들리지 않는다는 악조건이자 장애를 박건은 그동안 피나는 노력과 놀라운 운동신경으로 극복해 온 셈이었다.

"은퇴할 거니까요."

노력과 운동신경으로 장애를 극복하는 데 한계를 느꼈기 때문일까.

박건은 선수 은퇴를 결심한 듯 보였다.

그렇지만 그 고백을 듣고 난 후, 이용운은 반대로 생각했다.

장애를 극복할 정도의 운동신경을 갖춘 박건이라면 최고의 선수가 될 수 있다는 확신이 들었던 것이다.

'일단 결심을 돌리는 게 우선이야.'

박건의 은퇴를 만류하는 게 급선무라고 판단한 이용운이 말했다.

"장애가 있다고 해서 포기하기는 이르다."

"왜 이르다는 겁니까?"

"내가 있으니까."

이용운이 덧붙였다.

"내가 네 귀가 돼주마."

*   *   *

'가능할까?'

이용운은 본인이 귀가 돼주겠다고 밝혔다.

그 이야기를 들은 순간, 박건은 현실성 여부에 대해서 고민했다.

'가능할 수도 있다.'

그리고 잠시 후, 박건은 가능성이 있다고 판단했다.

그 이유는 이용운이 하는 말은 정확히 들렸기 때문이었다.

청력과 상관없이 이용운이 하는 말은 양쪽 귀에 모두 들렸다.

'만약 이용운이 날 대신해 소리를 듣고 알려준다면?'

청력 문제로 인한 선수 생활의 한계를 극복할 수 있을지도 모른다는 생각이 들었다.

그뿐이 아니었다.

두 번째 타석에서 양희종에게서 안타를 빼앗아낸 것.

수 싸움에서 앞섰기 때문이었다.

그리고 양희종이 2구째에도 직구를 던질 거라고 알려주었던 것은 이용운이었다.

그의 해박한 야구 지식과 경험이 빛을 발했던 순간이었다.

'진짜 도움이 된다.'

그래서 박건의 가슴이 새로운 희망으로 부풀었을 때였다.

"이제 은퇴하겠다는 말은 그만해라."

이용운이 부탁했다.

"일단 은퇴는 뒤로 미루죠."

박건이 웃으며 대답한 순간, 이용운이 물었다.

"좀 더 자세히 말해봐. 대체 청력이 얼마나 안 좋은 거야?"

"오른쪽 귀는 정상 청력의 40% 수준입니다."

"수술이나 치료를 통해 청력을 회복할 가능성은?"

"의사는 청력을 회복할 가능성이 없다고 했습니다. 시간이 지나면 지금보다 더 나빠지다가 어느 순간부터는 아예 청력을 잃게 될 거라고 했습니다."

상황의 심각성을 느꼈기 때문일까.

잠시 침묵하던 이용운이 다시 물었다.

"보청기는 써봤어?"

그 질문을 받은 박건이 쓰게 웃었다.

시력이 좋지 않은 야구선수들은 꽤 있는 편이었다. 그래서 시력이 안 좋은 선수들은 안경이나 렌즈를 착용하는 편이었다.

박건도 당연히 보청기를 사용해 보았다.

"제가 왜 머리를 기른 것 같습니까?"

"보청기를 착용한 사실을 감추기 위해서였냐?"

"맞습니다."

박건은 양 귀가 모두 덮일 정도로 머리를 덥수룩하게 길렀다.

보청기를 착용했다는 사실을 감추기 위한 방편이었다.

"지금도 착용하고 있어?"

"아니요."

"왜 착용하지 않았어?"

"부서졌습니다."

머리를 길게 기른 후 보청기를 착용해 보았지만, 박건은 머잖아 한계를 직감했다.

보청기는 여러모로 불편했다.

우선 고장이 잦았고, 격렬하게 운동을 하다 보면 귀에서 빠지기 일쑤였다. 그리고 보청기가 빠졌다는 사실도 모른 채 뛰어다니다가 발이나 몸으로 짓눌러서 보청기가 파손된 것만 여러 차례.

가장 큰 문제는 비용이었다.

안경과 달리 보청기는 비쌌다.

성능이 괜찮은 보청기의 경우, 가격이 수백만 원이었다.

올 시즌 연봉이 삼천오백만 원에 불과한 박건의 입장에서는 당연히 부담스러운 아주 비싼 가격이었다.

그래서 세 번째로 보청기가 망가진 순간, 박건은 보청기를 사용하는 것은 포기했다.

"보청기로는 해결이 안 됩니다."

해서 박건이 덧붙인 순간, 이용운이 화제를 돌렸다.

"그럼 다음으로 넘어가자."

"다음…요?"

박건이 의아한 표정을 지은 순간, 이용운이 물었다.

"넌 꿈이 뭐냐?"

*　　　*　　　*

생뚱맞은 질문이었기 때문일까.

바로 대답하지 못하고 망설이던 박건은 한참 만에 대답했다.

"야구를 계속하는 거였습니다."

그 대답을 들은 이용운이 고개를 끄덕였다.

청력에 문제가 생겼다는 사실을 인지한 순간, 박건은 절망감을 느꼈을 것이었다.

야구선수에게는 치명적인 장애이자 걸림돌이었으니까.

그런 박건의 입장에서는 야구선수 생활을 계속하는 것이 유일한 목표였으리라.

그렇지만 이용운은 거기서 만족할 생각이 없었다.

"새로 꿈을 설정하자."

"무슨 말입니까?"

"청력 장애로 발생하는 문제를 해결할 방법을 찾았으니까 꿈을 다시 설정해야지. 연봉 삼천오백만 원 받는 2군 선수 생활을 계속 이어나가는 것, 별 의미가 없으니까."

"물론 저도 지금에 만족하지 못하는 것은 사실입니다."

박건이 대답한 순간, 이용운이 다시 물었다.

"가장 하고 싶은 게 뭐냐?"

"돈을 많이 벌고 싶습니다."

아까와 달리 이번에는 박건이 바로 대답했다.

"대박 FA 계약을 원하는 거로군."

"맞습니다."

지체 없이 대답하는 박건을 탓할 생각은 없었다.

프로야구선수의 가치.

연봉으로 환산되기 때문이었다.

문제는 박건이 돈을 많이 벌기 어렵다는 점이었다.

"한성 비글스에 입단한 지 몇 년 됐지?"

"8년 차입니다."

"고등학교 졸업하자마자 프로 무대로 뛰어들었으니까 FA 자격을 획득하려면 9시즌을 뛰어야 하지. 원래라면 FA 자격을 획득하기까지 1년 남았겠지만, 타자로 전향한 후에는 1군보다 2군에서 뛴 시간이 더 길었으니까 대략 3년쯤 남았나?"

FA 자격 충족을 위한 조건은 1군 등록 일수였다.

현재는 1군 등록 일수 145일을 채워야만 FA 자격을 충족한 한 시즌으로 인정받을 수 있었다

즉, 9시즌 동안 꾸준히 1군 등록 일수 145일 이상이어야만 FA 자격을 얻을 수 있는 것이었다.

박건은 투수로 프로선수 생활을 시작했다.

선발과 불펜을 주로 오갔던 박건은 투수를 할 당시에는 꾸준

히 1군에 머무르면서 경기에 출전했다.

덕분에 이 규정을 채울 수 있었다.

그렇지만 부상 이후 타자로 전향한 후에는 제대로 활약을 하지 못했다.

그래서 1군이 아닌 2군에 머무는 기간이 길어졌었다.

"FA 취득 기준을 충족한 기간이 투수로 5시즌, 타자로 1시즌. 맞아?"

"어떻게 아셨습니까?"

박건이 놀란 표정으로 물은 순간, 이용운이 대답했다.

"관심이 있었다니까."

이용운이 머릿속으로 빠르게 계산했다.

'빨라야 3년.'

앞으로 빨라야 3년 후에나 FA 자격을 취득해서 FA 대박 계약을 꿈꿀 수 있는 것이었다.

"아득하네요."

그 사실을 잘 알고 있는 박건이 대답한 순간, 이용운이 제안했다.

"포기하자."

"네?"

"FA 대박은 포기하자고."

이용운이 포기하자고 말한 순간, 박건이 아쉬운 기색을 드러냈다.

FA 대박 계약.

프로야구선수가 한꺼번에 거액을 벌어들일 수 있는 유일한 기회나 마찬가지였기 때문이었다.

그 사실을 모를 리 없음에도 불구하고 이용운이 FA 대박 계약은 포기하자고 말한 이유.

너무 시간이 오래 걸려서였다.

"대신 다른 방법을 찾자."

"어떤 방법요?"

"큰 무대로 가는 거지."

"……?"

"메이저리그로 진출하자."

*   *   *

'메이저리그로 진출하자고?'

박건이 황당한 표정을 지었다.

메이저리그는 세계 최고의 야구선수들이 모인 꿈의 무대.

모든 야구선수들이 뛰고 싶어 하는 무대가 바로 메이저리그라는 무대였다.

그러나 메이저리그의 문은 비좁았다.

속된 말로 KBO 리그를 씹어 먹던 선수들도 메이저리그 진출에 어려움을 겪었다.

그래서 마이너리그 계약이 포함된 스플릿 계약을 감수하는 경우가 대부분이었고.

그리고 설령 메이저리그에 진출했다고 하더라도 성공한 케이스는 드물었다.

뼈아픈 실패를 경험하고 돌아오는 경우가 대부분이었다.

그런데 박건은 KBO 리그를 씹어 먹는 선수가 아니었다.

투수 시절에는 그저 그런 선수였고, 타자로 전향한 후에는 1군 무대보다 2군 무대가 더 익숙한 선수.

그래서 팬들의 기억 속에서 거의 지워진 선수.

이게 박건의 현주소였다.

'그런데 무슨 수로 메이저리그에 진출한단 말인가?'

너무 막연하다는 생각이 들었을 때였다.

"메이저리그는 KBO 리그와 계약 규모 자체가 다르다. 최저 연봉도 5억이 넘는다는 것쯤은 알고 있지?"

이건 박건도 알고 있는 사실이었다.

현재 박건의 연봉은 삼천오백만 원.

그러니 메이저리그 무대에 진입만 해도, 박건의 연봉은 최소 열 배 이상으로 뛰는 것이었다.

"그뿐이 아니다. 실력이 있다는 사실만 증명하면, 수백억, 아니, 수천억도 능히 벌 수 있는 곳이 바로 메이저리그다."

연봉만 규모가 큰 것이 아니었다.

메이저리그는 FA 계약의 규모도 KBO 리그와 달랐다.

「조지 해밀턴, 워싱턴 내셔널스와 5년 일억 이천만 달러에 합의.」

메이저리그에서도 톱클래스 수준인 선수들의 FA 계약 규모는 천억을 훌쩍 넘어간다는 것을 박건도 기사를 통해 접한 적이 있었다.

그 기사를 접하고 나서 무척 부럽다는 생각을 했었던 것이 떠올랐다.

그렇지만 당시만 해도 자신과 상관없는 남의 이야기라고만 생각했다. 그리고 그 생각은 지금도 마찬가지였다.

당장 메이저리그 무대에 진입하는 것도 멀게 보였다.

그런데 메이저리그 무대에서 FA 대박 계약을 맺는 것.

너무 먼 이야기처럼 느껴졌을 때였다.

"메이저리그를 목표로 하라는 것. 꼭 돈 때문만은 아니었다."

이용운이 말했다.

"다른 이유가 또 있다는 말씀이십니까?"

"그래."

"무슨 이유입니까?"

"너, 영어 잘하냐?"

예상치 못했던 질문이었다.

그래서 박건이 얼굴을 붉힌 채 대답했다.

"영어 못합니다."

"……"

"지금부터라도 영어 공부를 시작할까요?"

KBO 리그에서 활약하다가 어렵사리 메이저리그에 진출한 한국 선수들은 대부분 적응에 실패하고 돌아왔다.

KBO 리그와 메이저리그의 수준 차이를 극복하지 못한 것이 실패의 가장 큰 요인이었지만, 언어와 환경의 문제도 실패의 요인이었다.

그래서 박건이 영어 공부에 대한 의지를 불태우고 있을 때, 이용운이 대답했다.

"필요 없다."

그 대답을 들은 박건이 의아한 표정을 지었다.

"왜 필요 없다는 겁니까?"

"네가 영어를 못하는 게 메이저리그에 진출하려는 다른 이유니까."

"그게 무슨 뜻입니까?"

박건이 다시 물은 순간, 이용운이 대답했다.

"청력에 문제가 있다는 것을 감출 수 있거든."

*   *   *

"너, 왕따지?"

이용운이 질문한 순간, 박건이 흠칫했다.

"맞네."

박건이 바로 반박하지 못하는 이유.

정곡을 찔렸기 때문이었다.

"왜 그렇게 생각하셨습니까?"

잠시 후, 박건의 질문을 받은 이용운이 대수롭지 않게 대답했다.

"쭉 지켜봤는데 먼저 네게 말을 거는 놈이 한 놈도 없었다. 너도 다른 선수와 대화를 나누지 않았고, 밥도 혼자 먹더군. 그래서 왕따라는 것을 금세 알아챘지."

"오해하고 계신 겁니다."

"왕따가 아니란 뜻이냐?"

"네, 왕따를 당하는 게 아닙니다. 제가 의도적으로 다른 선수들과 대화를 피하고 있는 입장이니, 오히려 제가 왕따를 시키는 겁니다."

"정신 승리라도 하는 거냐?"

이용운이 코웃음을 치며 물은 순간, 박건이 한숨을 내쉬며 대답했다.

"선택의 여지가 없었습니다. 제 청력에 문제가 있다는 것을 감추기 위해서는 동료들과 어울려서는 안 됐으니까요."

"그게 그거지."

"엄연히 다르다니까요."

박건이 발끈한 순간, 이용운이 웃으며 입을 뗐다.

"그래서 내가 메이저리그에 진출하자고 한 거다."

"네?"

"후배의 청력에 문제가 있다는 것을 감추기 쉬우니까."

"……?"

"생각해 봐라. 한국에서 누가 후배에게 말을 걸었을 때, 후배가 제대로 알아듣지 못하고 쌩까면 시건방진 놈이라고 생각하겠지. 그런데 미국에서 똑같은 상황이 벌어진다면, 어떻게 생각할까? 영어를 못 알아들었다고 판단하고 대수롭지 않게 넘길 것이다."

이게 이용운이 박건에게 메이저리그에 진출하는 것을 제안했던 또 하나의 이유였다.

비로소 말뜻을 이해한 걸까?

박건의 표정이 밝아졌다.

그러나 그도 잠시, 박건의 표정이 다시 어두워졌다.

"보통 통역이 붙지 않습니까?"

한국 선수가 메이저리그에 진출하는 경우, 구단에서 의사소통을 돕기 위해서 통역자를 구해 주는 것이 일반적이었다.

"통역자와 생활하면 어차피 제 청력에 문제가 있다는 사실을 들키지 않겠습니까?"

박건이 우려하는 점을 들은, 이용운이 고개를 흔들었다.

"백 명을 속이는 게 쉬울까? 한 명을 속이는 게 쉬울까?"

"그야 당연히… 한 명을 속이는 게 쉽죠."

"그리고 정 신경이 쓰인다면 통역을 구하지 않으면 된다. 통역 없이 후배 혼자 영어를 배우면서 의사소통을 하겠다는 의지를 피력하면 오히려 적응에 대한 의지가 강하다며 긍정적으로 바라볼 공산이 크니까."

일리가 있다고 판단할 걸까.

박건이 고개를 끄덕이는 것을 확인한 이용운이 픽 웃으며 덧붙였다.

"너무 멀리 갔다."

"네? 무슨 뜻입니까?"

"그건 메이저리그에 진출하고 난 후에 고민해도 될 문제란 뜻이다. 지금은 메이저리그에 진출할 정도로 실력을 키우고, 그 실력을 증명하는 것이 우선이다."

"맞는 말씀이네요."

갈 길이 멀다고 판단한 듯 박건이 한숨을 내쉰 순간, 이용운이 충고했다.

"천 리 길도 한 걸음부터다."

제5장

'천 리 길도 한 걸음부터.'

그 속담을 박건이 속으로 되뇌일 때였다.

"일단 목표는 높게 설정하는 편이 좋다. 그래야 적어도 목표 근처에 도착할 수 있으니까. 그리고 목표를 세웠다면 그 목표를 이루기 위한 계획을 철저하게 세워야 한다."

이용운이 충고했다.

옳은 말이라는 생각에 박건이 작게 고개를 끄덕였을 때였다.

"난 그렇게 하지 못했다."

"……?"

"그래서 실패한 선수가 됐지."

이용운이 씁쓸한 목소리로 덧붙였다.

"후배는 나처럼 되지 않길 바라는 마음에 하는 충고다."

"명심하겠습니다."

박건이 대답한 순간, 이용운이 언제 그랬냐는 듯 밝은 목소리로 입을 뗐다.

"그럼 시작해 볼까? 메이저리그 진출을 위한 첫걸음은 웨이버공시다."

*　　　　*　　　　*

"거짓말이었죠?"

박건이 질문한 순간, 이용운이 되물었다.

"무슨 뜻이냐?"

"제가 은퇴하길 바라고 있었던 것 아닙니까?"

"너도 알다시피 난 계속 은퇴를 만류했다."

"그렇지만 앞뒤가 다르지 않습니까?"

"……?"

"웨이버공시는 은퇴와 마찬가지 아닙니까?"

웨이버공시는 구단이 선수와 계약을 해지하는 방법 가운데 하나였다.

보통 시즌이 진행되는 도중에 소속 선수를 방출하기 위해서 구단이 밟는 절차로 선수에 대한 권리를 포기한다는 의미가 담겨 있었다.

'그렇게 생각할 수도 있겠군!'

이용운이 천천히 고개를 끄덕였다.

다짜고짜 웨이버공시를 당해야 한다고 말했으니, 박건의 입장에서는 은퇴를 종용하는 말처럼 들렸을 수도 있었을 것이었다.

그렇지만 오해일 뿐이었다.

이용운이 박건에게 웨이버공시를 목표로 해야 한다고 말한 데는 이유가 있었다.

"메이저리그에 진출하기 위해서는 일단 박건이란 선수의 존재를 알리는 것이 첫 단계라고 할 수 있다. 그러기 위해서는 퓨처스 리그가 아닌 1군 무대에서 선수 생활을 해야지."

"그런데 왜 웨이버공시를 당해야 한다는 겁니까? 더 열심히 해서 1군 무대를 밟아야 하는 것 아닙니까?"

"일반적이라면 맞는 말이다."

"……?"

"그렇지만 후배는 일반적인 케이스가 아니다. 한성 비글스의 양두호 감독이 아직 경질되지 않았기 때문이지."

이용운이 설명했지만, 박건은 제대로 이해한 기색이 아니었다.

그 반응을 확인한 이용운이 다시 설명했다.

"얼마 전에 한성 비글스의 수비 코치인 김태형과 얘기를 나눈 적이 있다. 양두호 감독이 연패에서 벗어나면서 경질 위기에서 간신히 벗어난 후였지. 그때 김태형 코치가 내게 이렇게 단언했다. 박건은 두 번 다시 1군 무대를 못 밟을 거라고."

"그게 무슨 뜻입니까?"

"한마디로 양두호 감독에게 제대로 찍혔다는 뜻이다."

여전히 제대로 말뜻을 이해 못 한 기색인 박건을 위해서 이용운이 그날 들었던 이야기를 그대로 전달했다.

"저 자식, 다시는 내 눈에 띄지 않게 해. 두 번 다시 1군 무대에 발도 붙이지 못하게 만들라고. 내 말, 무슨 뜻인지 알아들었지?"

"······?"

"후배가 결정적인 실책을 범하면서 한성 비글스가 8연패를 당했던 날, 양두호 감독이 코치들에게 했던 말이다."

비로소 말뜻을 이해한 박건의 표정이 일그러진 순간, 이용운이 덧붙였다.

"양두호 감독이 경질되면서 한성 비글스의 사령탑이 바뀌기 전에는 후배가 1군 무대를 밟을 수 없다는 뜻이지."

"그럼 열심히 할 필요조차 없는 것 아닙니까?"

박건이 낙담한 표정으로 덧붙였다.

"퓨처스 리그에서 제가 발군의 활약을 선보인다 하더라도 어차피 1군 무대에 올라갈 수 없으니까요."

그 질문을 받은 이용운이 고개를 흔들었다.

"오히려 반대다."

"반대라니요?"

"더 열심히 해야 한다는 뜻이지."

"······?"

"다른 팀에서 후배에게 관심을 가질 정도로 발군의 활약을 펼쳐야 한다."

"그럼 아까 웨이버공시를 당해야 한다고 말했던 이유가······?"

"그래. 한성 비글스를 떠나야 하기 때문에 그렇게 말했다."

양두호 감독은 한성 비글스와 3년 계약을 맺었다.

감독 부임 첫해인 올 시즌 한성 비글스의 현재 성적은 8위.

팬들을 만족시킬 성적은 아니었다.

그래서 경질을 요구하는 팬들의 목소리가 거세졌던 것이었고.

그렇지만 양두호 감독이 실제로 경질될 가능성은 낮았다.

3년 계약을 맺고 첫 번째 시즌을 앞두고 있었던 양두호 감독의 취임 일성은 리빌딩이었다.

그런 만큼 한성 비글스 프런트도 올 시즌 성적에 큰 의미를 두지 않고 있었고, 3년 계약을 맺은 만큼 좀 더 기다리며 양두호 감독이 지도력을 발휘할 기회를 줄 것이었다.

'아무리 빨라도 내년 시즌 중후반.'

양두호 감독이 맡은 한성 비글스의 성적이 아무리 부진하더라도 경질은 내년 시즌 중후반은 되어야 가능할 것이었다.

그때까지 무작정 기다릴 수는 없는 노릇.

이용운이 웨이버공시를 첫 번째 목표로 해야 한다고 밝혔던 이유는 바로 여기에 있었다.

비로소 상황을 파악한 박건이 길게 한숨을 내쉬었다.

본인이 처해 있는 상황이 결코 녹록지 않음을 깨달았기 때문이리라.

"그럼 저는 뭘 해야 합니까?"

박건이 질문한 순간, 이용운이 대답했다.

"일단 퓨처스 리그를 씹어 먹자."

*　　　　*　　　　*

포스팅 시스템을 통한 메이저리그 진출.

이용운이 제시한 큰 그림이었다.

절차상으로는 큰 문제가 없었다.

FA 자격을 얻지 못한 프로선수가 메이저리그에 진출할 수 있는 유일한 방법이 바로 포스팅 시스템이었다.

1군에서 7시즌 이상 FA 자격 일수를 채우고 나면, 포스팅 시스템을 신청할 자격을 얻게 되고, 구단이 동의하면 포스팅을 행사하여 돈을 받고 선수를 이적시킬 수 있는 것이었다.

박건이 FA 자격 일수를 채운 것은 6시즌이었다.

한 시즌만 더 FA 자격 일수를 채우면 포스팅 시스템을 신청할 수 있는 자격을 얻게 되는 셈이었다.

그렇지만 이미 올 시즌이 시작된 후 중반으로 접어드는 상황이었다.

박건이 올 시즌에 FA 자격 일수를 채우려면 가능한 빨리 1군 무대로 올라가서 경기에 출전해야 했다.

그래서 마음이 무척 조급했지만, 정작 포스팅 시스템을 통해 메이저리그로 진출하자고 제안했던 이용운은 느긋했다.

"서두른다고 능사가 아니다."

"그건 저도 알지만……."

"지금 경기에 나서면 퓨처스 리그를 씹어 먹을 자신이 있냐?"

"그야… 당연히 없죠."

이전과 지금.

달라진 것은 별로 없었다.

유일한 차이점은 이용운의 귀신이 들러붙었다는 것뿐이었다. 그리고 이용운은 물리력을 행사할 수 없었다.

그가 할 수 있는 것은 입으로 떠드는 것이 전부였다.

"지금 경기에 출전해 봐야 똑같은 상황이 벌어질 거다."

"똑같은 상황이라뇨?"

"줘도 못 먹는 상황이 재현될 거란 말이지."

"쩝."

박건이 입맛을 다셨다.

마땅히 반박할 말을 찾지 못해서였다.

그때, 이용운이 다시 말했다.

"지금은 타격폼을 수정하는 게 우선이다."

"타격폼 수정이오?"

"양희종이 던진 직구의 구속. 고작 140㎞대 초반이었다. 그런데 네 배트는 밀렸지. 그리고 스트라이크존을 크게 벗어나는 슬라이더에도 배트가 딸려 나가서 삼진으로 물러났고. 그 모습을 곁에서 지켜보면서 타격폼을 수정해야 한다는 결론을 내렸다."

'참 쉽게도 말하시네!'

박건이 슬쩍 미간을 찌푸렸다.

타격폼을 수정하는 것.

말은 쉬웠다. 그러나 결코 간단한 문제가 아니었다.

또, 쉽게 결정할 수 있는 문제도 아니었다.

함부로 타격폼을 수정했다가는 긴 타격 슬럼프에 빠질 수 있기 때문이었다.

박건도 이미 타격폼을 수정했다가 슬럼프에 빠진 경험이 있었다.

팔꿈치 부상 후 구속이 나오지 않아서 타자로 전향한 뒤, 박건은 몇 차례 타격폼을 수정했다.

그렇지만 타격폼 수정의 결과는 좋지 않았다.

타격폼을 수정할 때마다 점점 더 깊은 수렁으로 빠져드는 느낌이었달까.

이것이 박건이 타격폼 수정을 해야 한다는 이용운의 이야기를 듣고 내켜 하지 않는 이유였다.

"타격폼을 어떻게 수정한단 말입니까?"

"내가 알려주마."

"네?"

"내가 코치해 주겠다고."

이용운의 대답을 들은 박건의 미간이 더욱 찌푸려졌다.

이용운의 생전 직업은 타격코치가 아니었다.

어디까지나 해설위원이었다.

그런 그가 타격폼 수정을 위한 코치 노릇을 직접 하겠다는 이야기를 했으니, 당연히 미덥지 않았다.

그런 박건의 속내를 읽었을까.

이용운이 물었다.

"왜? 내가 못 미덥나 보지?"

"당연한 것 아닙니까?"

"믿어도 된다."

"진짜 안 믿기는데요."

"오지현, 알지?"

"삼산 치타스의 오지현 선수를 말하는 겁니까?"

"그래. 그 오지현 말이다."

"갑자기 오지현 선수 이야기는 왜 꺼내는 겁니까?"

"오지현이 요새 잘하는 것도 알지?"

오지현은 현재 삼산 치타스 2루수 겸 3번 타자로 주로 출전하고 있었다.

그렇지만 불과 작년까지만 해도 그의 타순은 9번이었다.

—수비는 잘하는 편지만, 타격은 영 꽝이다.

이게 오지현에 대한 세간의 평가였다. 그러나 올 시즌에 접어들자 오지현은 전혀 다른 모습을 보여주고 있었다.

타격에 눈을 뜬 것처럼 타석에서 펄펄 날고 있었다.

통산 타율 0.248.

이 할 오 푼에도 미치지 못했던 타율이 올 시즌에는 삼 할 사 푼을 기록하고 있었다.

무려 일 할 가까이 타율이 치솟은 것이었다.

더 고무적인 것은 장타와 홈런이 부쩍 늘어난 점이었다.

올해 정규시즌이 채 1/3도 지나지 않았음에도 오지현은 이미 11개의 홈런을 기록하고 있었다.

"오지현 타격이 갑자기 좋아진 것, 내 덕분이다."

그때, 이용운이 말했다.

순순히 믿기 힘든 이야기였기에 박건이 불신 어린 표정을 짓고 있을 때, 이용운이 덧붙였다.

"진짜야. 내 조언을 듣고 타격폼을 수정한 것이 오지현의 타격 실력이 눈에 띄게 좋아진 원인이거든."

오지현이 타격폼을 수정한 것은 사실이었다.

타격 시 들어 올리는 다리.

즉 레그 킥의 높이가 낮아졌다.

그러나 오지현의 타격폼 수정이 이용운의 조언 때문이란 말은 여전히 믿기 어려웠다.

"정 못 믿겠으면 오지현을 찾아가서 물어봐."

"진짜 물어봅니다?"

"아니다. 그러지 마라."

"역시 거짓말이었습니까?"

슬쩍 발을 빼는 이용운을 확인한 박건이 추궁했을 때였다.

"그 자식 얼굴, 보고 싶지 않다."

"왜 보기 싫다는 겁니까?"

이용운이 대답했다.

"화환도 안 보내고 빈소에 찾아오지도 않았거든."

*　　　*　　　*

이용운의 말은 사실이었다.

오지현은 그의 빈소에 화환도 보내지 않았고, 조문객으로 찾아오지도 않았었다.

"아주 배은망덕한 놈이야."

오지현을 욕하던 이용운이 화제를 돌렸다.

"딕 케이타에 대해 들어봤냐?"

"외국 사람입니까?"

"그럼 한국 사람이겠냐?"

이용운이 쏘아붙인 순간, 박건도 빈정이 상해서 입을 뗐다.

"설마 메이저리그에서 뛰고 있는 선수인데 내가 타격폼을 수정해 줘서 요새 잘나간다. 이렇게 뻥치시려는 건 아니시죠?"

"선수 아냐."

"그럼요?"

"타격코치야."

이용운이 설명을 덧붙였다.

"타격코치이긴 한데 소속 팀은 없어. 쉽게 말해 야인이지. 그런데 이 양반이 미국에서는 아주 유명해."

"왜 유명한 겁니까?"

"원 포인트 레슨 솜씨가 아주 기가 막히거든."

이용운은 신이 나서 열변을 토해냈다.

그렇지만 박건은 딕 케이타라는 이름을 지금 처음 들어본 상황이었다.

그래서 시큰둥한 표정을 짓고 있을 때였다.

"저스틴 터너, 마이클 포지, 헌터 펜스의 타격폼을 수정해 준 게 바로 딕 케이타 코치야. 딕 케이타 코치를 찾아가서 원 포인트 레슨을 받고 난 후에 새롭게 타격에 눈을 뜬 선수들이지."

박건이 두 눈을 크게 떴다.

저스틴 터너, 마이클 포지, 그리고 헌터 펜스까지.

메이저리그에서 내로라하는 강타자들이라는 공통점이 있었다.

그런 대단한 선수들이 모두 딕 케이타 코치에게서 지도를 받았다는 사실이 놀라웠다. 그리고 더 놀라운 것은 딕 케이타 코치에게 지도를 받은 후, 이런 대단한 선수들의 타격이 더 좋아졌다는 점이었다.

"방금 하신 말씀이 모두 사실입니까?"

"속고만 살았냐?"

"그런데 왜 저는 딕 케이타 코치에 대해 몰랐던 겁니까?"

이 정도 능력을 갖춘 타격코치라면 당연히 유명세를 떨쳤을 터였다. 그럼에도 불구하고 자신이 딕 케이타 코치에 대해 전혀 들어보지 못했던 것이 제대로 이해가 가지 않았다.

해서 박건이 질문하자, 이용운이 대답했다.

"딕 케이타 코치가 유명해지는 것을 원치 않았거든."

"네? 왜요?"

"초등학생들에게 타격을 지도하는 걸 가장 좋아하는 사람이야. 그런데 본인이 유명해져 버리면 애들을 지도할 시간이 줄어들지도 모른다. 딕 케이타 코치는 이 점을 우려했던 거지. 그렇지만 주머니 속의 송곳이란 말이 괜히 있겠어? 저스틴 터너와 마이클 포지, 그리고 헌터 펜스까지. 메이저리그에서 뛰던 선수들의 타격 지표가 갑자기 눈에 띄게 좋아지니까 기자들이 냄새를 맡았지. 그 세 선수들은 끝까지 딕 케이타 코치의 이름을 밝히길 꺼렸지만, 그들이 모두 딕 케이타 코치를 만났다는 목격담이 쏟아져 나오면서 더 이상 비밀을 유지할 수 없게 됐다."

비로소 이해한 박건이 고개를 끄덕이며 물었다.

"그런데 딕 케이타 코치 이야기는 왜 꺼내신 겁니까?"

"오지현의 타격 성적이 향상된 것과 딕 케이타 코치 사이에 연관성이 있거든."

"어떤 연관성이 있다는 겁니까?"

"딕 케이타 코치가 한 말을 내가 오지현에게 전달한 셈이니까."

"그럼… 딕 케이타 코치를 직접 만나셨단 뜻입니까?"

"맞아."

이용운에게서 대답이 돌아온 순간, 박건은 부럽다는 생각을 했다.

'나도 만나고 싶다.'

아까 들은 이야기대로라면 딕 케이타 코치의 능력은 탁월했다.

박건도 딕 케이타 코치를 만나서 직접 지도를 받고 싶다는 욕심이 생겼었다.

그런데 이용운이 이미 딕 케이타 코치를 만났다는 사실을 알고 나자, 부러운 마음이 든 것이었다.

"왜? 너도 만나고 싶냐?"

'하여간 눈치는 참 빨라.'

박건이 속으로 투덜대며 대답했다.

"한번 만나서 지도를 받고 싶네요."

"어려울걸."

"왜 어렵다는 겁니까?"

"요새 유명해져서 그를 만나서 지도를 받으려는 메이저리그 타자들이 많이 늘었거든. 대기표를 뽑아야 할 지경이라던데. 그리고 왕복 비행기표값에 코칭료까지 포함하면 최소 천만 원 이상의 비용이 들걸."

'어렵겠네.'

최소 천만 원 이상 비용이 들 거란 이야기를 듣고 박건이 막 포기한 순간이었다.

"운 좋은 줄 알아."

"왜 제가 운이 좋다는 겁니까?"

"좋은 파트너를 뒀으니까."

"……?"

"내가 딕 케이타 코치의 지도를 받게 만들어줄 수 있거든."

*   *   *

토토토톡.

포털사이트에 로그인하기 위해서 아이디와 비밀번호를 입력한 후, 박건이 엔터 버튼을 눌렀다.

—비밀번호가 일치하지 않습니다.

잠시 후, 화면에 비밀번호가 틀렸다는 메시지가 떠올랐다.

"이거 왜 이래?"

이용운이 당황한 기색을 드러냈을 때, 박건이 추리했다.

"계정이 삭제된 것 아닐까요?"

"내 계정이 왜 삭제돼?"

"죽었으니까요."

"응?"

"사망해서 포털사이트 계정도 없어졌을 수도 있죠."

박건이 말했지만, 이용운은 코웃음을 쳤다.

"이 나라 행정 처리가 그렇게 빠릿빠릿할 리가 없어. 다시 쳐봐."

"뭘 다시 쳐보란 겁니까?"

"비밀번호."

박건이 다시 비밀번호를 입력하고 나서, 엔터 버튼을 눌렀다.

―로그인되셨습니다.

새로운 문구가 화면에 떠오른 순간, 이용운이 소리쳤다.

"내가 그랬잖아. 이 나라 행정 처리가 그렇게 빠릿빠릿할 리 없다고."

아직 포털사이트 계정이 살아 있다는 것이 기쁜 걸까.

상기된 목소리로 소리치던 이용운이 다음 지시를 내렸다.

"메일 보낼 줄은 알지?"

"당연히 압니다. 그런데… 의심하지 않을까요?"

"누가 의심한단 거야?"

"딕 케이타 코치요."

"응?"

"이미 사망한 사람에게서 메일이 도착한 것을 확인하면 이상하다고 의심하는 게 당연한 것 아닙니까?"

"의심하지 않을걸."

"왜 의심하지 않는다는 겁니까?"

"모를 테니까."

"……?"

"내가 죽었다는 소식이 미국까지 퍼졌을 정도로 내가 유명 인사는 아니었다."

이용운의 대답을 들은 박건이 바로 수긍하고 말했다.

"메일 보내겠습니다. 제 최근 타격 장면이 녹화된 동영상 파일은 첨부했고, 내용은 뭐라고 적을까요?"

"받아 적어라. 하이, 케이타. 롱 타임……."

이용운이 내용을 불러주기 시작했다. 그렇지만 박건은 바로 자판을 치지 않고 손을 올려두기만 했다.

"왜 안 쳐?"

뒤늦게 그 사실을 알아챈 이용운이 의아한 목소리로 물었다.

"그게… 스펠링을 몰라서요."

"하이, 케이타. 롱 타임까지 내가 말했었지? 이 중에 스펠링을 모르는 단어가 있다고?"

"네."

"무슨 단어를 몰라?"

잠시 후, 박건이 대답했다.

"전부 다요."

＊　　　　＊　　　　＊

톡. 톡. 톡.

독수리 타법으로 자판을 두드리던 박건이 마침내 메일을 완성하고 기지개를 쭉 켰다.

"야구하는 것보다 이게 훨씬 더 힘드네요."

박건이 불평을 늘어놓자, 이용운이 말했다.

"꿈에도 몰랐다."

"뭘요?"

"길지도 않은 메일 한 통 쓰는 데 네 시간이나 걸릴 줄은."

"나름 빨리한다고 했는데……."

"그리고 후배가 이렇게 무식한 줄도 몰랐다."

박건의 말문이 막힌 순간, 이용운이 덧붙였다.

"속에서 천불이 날 뻔했다."

빈정이 상한 박건이 입을 뗐다.

"그럼 직접 하시든가요."

"나도 그러고 싶다. 그런데 물리력을 행사할 수가 없다."

"그럼 답답해도 참는 수밖에요."

박건이 불퉁한 목소리로 질문을 던졌다.

"그나저나 언제쯤 답장이 올까요?"

"내일 올 거다."

"그렇게 빨리요?"

박건이 의심스러운 표정을 지었을 때, 이용운이 대답했다.

"우리 친하다니까."

＊　　　＊　　　＊

이용운이 했던 말은 모두 사실이었다.

우선 딕 케이타 코치는 이용운의 계정으로 메일을 보냈음에
도 전혀 의심하지 않았다.

이용운이 사망했다는 사실을 모르기 때문이었다.

그리고 딕 케이타 코치의 답장은 정확히 하루 뒤에 도착했다.

"봐. 내가 친하다고 그랬잖아."

거만한 목소리로 말한 이용운이 딕 케이타 코치가 보낸 메일
을 읽어 내려가기 시작했다.

"우선 배트를 쥔 손의 위치를 더 낮추는 게 좋겠다. 그리고 왼
발이 앞으로 나가면서 치던 동작을 없애고, 레그 킥을 좀 더 높
이 들어 올리는 것으로 교정하는 편이 좋겠다. 또, 타격 시 상체
를 더 세우고, 머리가 빨리 돌아가는 것을 교정하는 것은 필수
요소다. 동시에 더블 트리거를 없애야 한다."

이용운이 해석하는 것을 듣고 있던 박건이 물었다.

"더블 트리거가 뭡니까?"

"스윙 시에 불필요한 동작을 말하는 거다."

"불필요한 동작이오?"

박건이 고개를 갸웃하자, 이용운이 지시했다.

"그러지 말고 배트 가져와 봐."

그의 지시대로 박건이 배트를 갖고 돌아오자, 이용운이 다시
말했다.

"평소 하던 대로 스윙해 봐."

"지금요?"

"지금 당장."

부우웅.

박건이 평소 하던 대로 스윙을 하자, 그 스윙을 지켜본 이용운이 말했다.

"스윙을 하기 전에 팔꿈치를 흔드는 이유는 뭐냐?"

"타이밍을 재기 위해서입니다."

"좀 더 자세히 말해봐."

"배트가 너무 빨리 돌아간다. 네 나름대로 타이밍을 잡는 방법을 갖는 것이 좋다. 이 충고를 따랐습니다."

"그 충고는 대체 누가 했는데?"

"윤철홍 타격코치님이 해주셨습니다."

재작년까지 한성 비글스 2군 타격코치를 맡았던 윤철홍이 박건에게 건넸던 충고라고 밝히자, 이용운이 한숨을 내쉬었다.

"맡는 팀마다 타격이 부진에 빠져서 무능하기로 소문난 윤철홍의 지도를 따랐다? 아무래도 딕 케이타 코치가 말한 더블 트리거는 팔꿈치를 흔드는 동작을 말하는 것 같다. 그 동작이 불필요하다고 판단한 거야."

이용운은 도착한 메일의 남은 부분을 읽기 시작했다.

"배트는 더 간결하게 나와야 하고, 타격 시 무게중심을 뒤로 가져가서 타고난 힘을 살리는 편이 좋겠다. 여기까지가 딕 케이타 코치가 보낸 답장의 내용이다. 그럼 그의 지도대로 한번 해볼까?"

이미 딕 케이타 코치에 대한 신뢰가 생긴 상황.

박건이 의심하지 않고 딕 케이타 코치의 조언대로 타격폼을 바꿔보았다.

'배트를 쥐는 손의 위치를 낮추고, 레그 킥을 더 높게 한다. 상체를 더 곧추세우고, 머리가 돌아가지 않게 주의한다. 또 불필요한 동작을 없애며 배트를 더 간결하게 내고, 무게중심을 최대한 뒤로 가져간다.'

부우웅.

잔뜩 신경을 기울인 채 박건이 스윙을 가져갔다.

"어떻습니까?"

그 스윙을 마친 후 박건이 이용운에게 물었다.

"많이 좋아졌다."

"정말 좋아졌습니까?"

박건이 반신반의하는 표정으로 다시 물은 순간, 이용운이 입을 뗐다.

"내 의견은 중요치 않다. 더 중요한 건 네 느낌이다."

"제 느낌요?"

"딕 케이타 코치가 그러더군. 타격폼을 수정했을 때 가장 중요한 것은 본인의 느낌이라고."

"......?"

"세상에 완벽한 타격폼은 없다. 선수 본인에게 어울리는 타격폼을 찾아야 한다. 이게 딕 케이타 코치의 지론이야."

'완벽한 타격폼은 없다? 선수 본인에게 어울리는 타격폼을 찾아야 한다?'

속으로 그 말을 되뇌던 박건이 두 눈을 빛냈다.

그동안 박건이 경험했던 타격코치.

윤철홍만이 아니었다.

성적 부진이나, 팀 분위기 개선 등의 이유로 코치진은 자주 개

편되는 편이었다.

그러다 보니 박건도 여러 명의 타격코치에게 지도를 받았다. 그리고 박건의 타격폼을 수정하던 타격코치들의 진단은 다 달랐다.

"상체가 너무 높아. 그래서 변화구에 대처가 안 되는 거야."

"타이밍이 안 맞아. 한 박자 늦게 배트를 낼 수 있도록 타이밍을 바꿔봐."

"레그 킥을 더 낮춰. 장타를 노리기보다는 컨택 위주의 스윙을 해야 한다는 뜻이야."

타격코치들의 각기 다른 진단에 맞춰서 박건은 타격폼을 계속 수정했다. 그러다 보니 불편함이 느껴졌다.

꼭 몸에 맞지 않는 옷을 걸친 느낌이랄까.

그래서 불편함을 호소할 때마다 타격코치들이 한 말은 똑같았다.

"익숙해지면 좋아질 거야."

그 말을 믿고 바뀐 타격폼으로 계속 훈련했다. 그렇지만 시간이 지나고 훈련량을 늘려봐도 바뀐 타격폼은 익숙해지지 않았다.

여전히 불편했다.

그 불편함을 버티지 못하고 좀 더 편한 방식을 찾다 보니 애써 바꿨던 타격폼이 더욱 흐트러졌다.

굳이 비유하자면 병원에서 잘못된 처방전을 받고서 그 약조차 먹다가 안 먹다가를 반복한 상황이었다.

그러니 어찌 제대로 된 치료가 될 수 있었을까.

그런데 딕 케이타 코치의 지도는 확실히 달랐다.

부웅.

부우웅.

바꾼 타격폼으로 몇 차례 더 스윙을 해보았지만, 불편함은 느껴지지 않았다.

박건의 표정이 밝아졌을 때, 이용운이 입을 뗐다.

"딕 케이타 코치가 중요하게 여겼던 게 하나 더 있다."

"무엇입니까?"

"가장 좋았던 순간을 잊지 말라고 했다."

'가장 좋았던 순간이라?'

그 말을 듣자마자, 박건이 떠올린 것은 고교 시절이었다.

장원 고등학교 야구부 투수 겸 4번 타자.

박건은 팀의 에이스 역할과 4번 타자 역할을 동시에 맡았다.

비록 팀의 전력이 약해서 우승을 차지한 적은 없었지만, 당시의 박건은 야구를 하는 게 재밌었다.

또, 스스로에 대한 확신이 있었다.

투수로서 마운드에 올랐을 때는 무실점으로 상대 타선을 막아낼 자신이, 타자로 타석에 들어설 때는 적시타를 때려낼 자신이 있었다.

"장원고 4번 타자 박건은 대단했지."

박건이 희미한 미소를 머금은 채 당시의 기억을 떠올리고 있을 때, 이용운이 말했다.

"그때의 저를 아십니까?"

"관심이 있어서 당시 영상을 찾아봤다. 그때 박건은 투수로서도 타자로서도 무척 훌륭했다. 그래서 한성 비글스가 신인 드래프트에서 널 지목했던 것이고."

'그때가 좋았지.'

박건의 입가로 미소가 더욱 번졌을 때였다.

"나는 그때 네 타격폼이 가장 좋았다고 생각한다."

'어쩌면 그랬을 수도 있어.'

박건도 그렇게 판단했을 때였다.

"그런데 프로에서 타자로 전향한 후, 네 타격폼은 자꾸 바뀌었다. 그러다 보니 장원고 4번 타자 박건의 장점도 사라져 버렸지."

'내 장점이 사라졌다?'

그 말을 곱씹던 박건이 고개를 끄덕였다.

장원고 4번 타자 박건은 중장거리형 타자였다. 그러나 지금은 장타가 거의 실종되다시피 한 상황이었다.

박건의 체격이 크지 않고 마른 체형인 것을 확인한 타격코치가 컨택 위주로 스윙을 하라는 지시를 내리며 타격폼을 수정한 후부터 생긴 변화였다.

"오늘 도착한 메일의 내용을 확인하고 나는 딕 케이타 코치가 새삼 뛰어나다는 것을 깨달았다."

"왜입니까?"

"지금 네 타격폼. 장원고 4번 타자 시절 박건의 타격폼과 무척 흡사하거든."

"……."

"장원고 4번 타자 시절 네 타격폼을 보지 않은 상태에서 이렇게 흡사한 타격폼으로 바꾸라고 조언한 것이 그가 뛰어난 타격코치라는 증거이지."

박건이 고개를 끄덕여 수긍한 후, 강한 의지를 불태웠다.

"손바닥에 물집이 잡히는 한이 있더라도 스윙 연습을 하겠습니다. 이 타격폼이 빨리 익숙해지도록 말입니다."

그렇지만 이용운은 반대했다.

"무식한 짓이다."

"네?"

"요새 누가 손바닥에 물집이 잡힐 때까지 스윙을 해? 그건 옛날 방식이야. 싱킹 베이스볼이 대세란 거, 몰라?"

"싱킹… 베이스볼요?"

"생각하는 야구 말이야. 바뀐 타격폼을 몸에 익히겠다고 무식하게 밤새 스윙을 하면 오히려 역효과가 발생할 수도 있어. 부지불식간에 폼이 흐트러지면서 나쁜 습관이 몸에 밸 수도 있거든."

"하지만……."

"내가 한 말이 아냐. 딕 케이타 코치가 한 말이야. 지치지 않을 때까지, 딱 바뀐 타격폼을 유지할 때까지만 스윙을 하라더군. 그게 나쁜 습관이 배지 않는 방법이라고 하더군."

"그럼 그렇게 하겠습니다."

이미 딕 케이타 코치에 대한 신뢰가 쌓인 상황.

박건이 대답하자, 이용운이 덧붙였다.

"이제 바꾼 타격폼이 실전에서 통하는지 확인할 차례군."

제6장

한성 비글스와 대승 원더스의 퓨처스 리그 경기.

KBO 리그 선두를 달리고 있는 대승 원더스 팀이 펼치는 야구를 팬들은 화수분 야구라고 불렀다.

주전선수들이 부상을 당하거나 슬럼프에 빠지더라도, 혜성처럼 등장한 백업선수들이 주전선수들의 빈자리를 메우기 때문이었다.

그만큼 2군에 좋은 선수들이 많다는 뜻.

그래서 대승 원더스 2군 팀은 퓨처스 리그에서도 군복무 중인 1군 선수들이 팀의 주축인 상무와 함께 선두 다툼을 펼치고 있었다.

한성 비글스와의 경기에 대승 원더스가 내세운 선발투수는 유호건이었다.

1군과 2군을 빈번히 오가는 투수.

대승 원더스 1군에서 활약하고 있는 다섯 명의 선발투수들 가운데 부상으로 이탈자가 발생하거나 부진한 모습을 보이면, 그 빈자리를 훌륭히 채우는 투수가 바로 유호건이었다.

또, 대승 원더스가 아니라 다른 팀 소속이었다면 충분히 5선 발을 꿰찰 수 있다는 평가를 받는 것이 유호건이었다.

2번 타자 겸 좌익수.

선발 라인업에 포함된 박건은 마경 스왈로우스와의 경기와 마찬가지로 테이블세터 임무를 부여받았다.

1회 초 한성 비글스의 공격.

리드오프인 박선교가 첫 타석에 들어선 순간, 박건이 대기타석으로 들어섰다.

그 순간, 기다렸다는 듯이 이용운의 해설이 시작됐다.

"한성 비글스와 대승 원더스의 대결이 시작됐습니다. 이용운 해설위원님, 오늘 경기 어떻게 보세요? 네, 오늘 경기의 가장 큰 관전 포인트는……."

"지금 뭐 하시는 겁니까?"

"들으면 몰라? 해설하잖아."

"그 전에요. 꼭 일인이역을 하시는 것 같던데요?"

"네가 안 도와줘서 캐스터 역할도 맡아서 하기로 했다."

"참 열심이시네요."

"뭐?"

"꼭 그렇게까지 하면서 해설을 계속하셔야 합니까?"

"내 일이니까 신경 꺼라."

'나도 신경 끄고 싶다. 그런데 그게 안 되니까 그러지.'

이용운의 해설.

듣기 싫어도 계속 귀에 들리는 상황이었다.

그런데 어찌 신경이 쓰이지 않을 수 있을까?

해서 박건이 표정을 구기고 있을 때, 이용운의 해설이 이어졌다.

"오늘 경기에서 가장 주목해야 할 선수는 박건 선수입니다."

"저요?"

"그래. 바뀐 타격폼으로 어떤 타격을 하느냐? 그걸 확인할 수 있는 경기이니까."

박건이 고개를 끄덕일 때, 유호건이 박선교를 상대로 초구를 던졌다.

슈아악.

팡.

유호건이 선택한 초구는 바깥쪽 직구였다.

"스트라이크!"

바깥쪽 꽉 찬 코스를 통과하는 유호건의 직구를 살피던 박건이 물었다.

"이번에도 구속을 알 수 있습니까?"

"130㎞대 후반이다. 그리고 구위는 양희종과 비슷하군."

"그렇군요."

지난번처럼 의심하는 대신 박건이 고개를 끄덕였다.

그 이유는 경기가 끝난 후, 양희종의 직구 구속이 140㎞대 초반이었다는 사실을 확인했기 때문이었다.

그때, 유호건이 2구를 던졌다.

딱!

박선교가 때린 타구는 유격수 앞으로 굴러가는 내야땅볼.

유격수가 여유 있게 타구를 처리하며 첫 번째 아웃카운트가 만들어진 순간, 이용운이 입을 열었다.

"한성 비글스의 천우종 감독은 올 시즌 꾸준히 박선교 선수에게 리드오프 임무를 맡기고 있는데요. 저로서는 잘 이해가 가지 않는 선택입니다. 박선교 선수의 발이 빠른 편이라고 해도 출루율이 너무 낮거든요. 그리고 리드오프 임무를 맡기에는 타석에서 인내심도 부족합니다. 리드오프의 임무 가운데 하나는 후속 타자들에게 선발투수가 던지는 공을 최대한 많이 볼 수 있도록 기회를 만들어주는 것도 있거든요. 그런데 박선교 선수는 3구 이내에 투수와 승부를 하는 경우가 너무 잦습니다. 천우종 감독은 리드오프 임무를 맡을 새로운 선수를 찾을 필요가……."

박건이 천천히 고개를 끄덕였다.

이용운의 지적대로였다.

박선교는 3구 이내에 투수와 승부 하는 케이스가 많았다. 그래서 대기타석에 서 있는 박건은 물론이고, 더그아웃에 위치한 다른 타자들에게 선발투수의 구위와 볼배합을 여유 있게 살필 기회를 주지 않았다.

그로 인해 박건이 아쉬운 기색을 드러냈을 때였다.

"유호건이 2구째로 던진 공은 체인지업이었다."

이용운이 말했다.

툭. 툭.

타석에 들어선 박건이 주먹으로 헬멧을 두 번 두드린 후, 배트를 움켜쥐었다.

'배트를 낮게 쥐고, 상체를 더 세운다. 무게중심은 최대한 뒤에 둔다.'

신중한 기색으로 타석에 서 있던 박건이 수 싸움에 돌입했다.

'직구가 들어올까? 아니면, 커브?'

그때, 이용운이 말했다.

"커브가 들어올 거다."

"그걸 어떻게 확신하십니까?"

박건이 놀란 표정으로 묻자, 이용운이 대답했다.

"타석에 후배가 서 있으니까."

*　　　　*　　　　*

"대승 원더스가 왜 강팀인 줄 알아?"

'주전선수와 백업선수의 기량 차이가 많이 나지 않아서.'

박건이 속으로 생각한 순간이었다.

"화수분 야구라는 표현처럼 끊임없이 좋은 선수들이 나오기 때문이다. 이게 가장 널리 알려진 대승 원더스가 강팀인 이유다. 그렇지만 한 가지 이유가 더 있다. 전력 분석 팀의 능력이 무척 뛰어나다. 상대 팀 선수가 어떤 구종에 강점이 있고 약점이 있는지 파악이 잘돼 있고, 그것을 철저하게 활용할 줄 알기 때문에 대승 원더스는 강팀이 될 수 있었다. 아까도 마찬가지다. 한성 비글스의 리드오프인 박선교는 3구 이내 승부가 칠 할 이상일 정도로 타석에서 적극적이다. 이 부분을 분석을 통해서 간파했기 때문에 유호건이 초구 직구에 이어서 2구째에 체인지업을 선택한 것이다. 박선교가 직구를 노리고 배트를 휘두를 확률이 높으니, 타이밍을 뺏기 위해서 체인지업을 사용하자. 이런 전략이 완벽하게 먹혀든 거지."

"그래서요?"

"응?"

"요점이 뭡니까?"

"요점?"

"초구로 커브가 들어올 거다. 그 이유는 타석에 네가 서 있기 때문이다. 아까 이렇게 말씀하셨잖습니까?"

"아, 그거? 간단하다. 후배가 변화구를 겁나 못 치기 때문이지."

반박하거나 화를 낼 시간도 없었다.

마운드에 서 있는 유호건이 와인드업을 시작하는 모습이 보였기 때문이었다.

'커브가 들어올 거란 말이지?'

박건이 머릿속을 비웠다.

슈악.

이용운의 예상대로 유호건이 초구로 커브를 던진 순간, 박건이 망설이지 않고 배트를 휘둘렀다.

따악.

경쾌한 타격음이 울려 퍼졌다.

*   *   *

"쯧쯧, 줘도 못 먹냐?"

이용운이 혀를 차며 빈정거렸다.

그렇지만 박건은 반박하지 못했다.

줘도 못 먹었다는 표현.

이번에도 딱 적절했기 때문이었다.

이용운은 커브가 들어올 거라고 미리 알려주었다.

그래서 박건도 커브 하나만 노리고 있었던 상황에 유호건은 초구로 커브를 던져주었다.

그럼에도 불구하고 박건은 안타를 때려내지 못했다.

박건이 때린 타구는 3루수의 키를 넘긴 후 좌측 라인 선상을 홀쩍 벗어나며 파울 타구가 됐다.

'너무 빨랐어!'

이런 결과가 나온 이유.

타이밍이 너무 빨랐기 때문이었다.

'이유가 뭐지?'

바뀐 타격폼으로 타격을 한 상황.

더구나 노림수가 완벽히 통했음에도 불구하고, 안타를 만들어내지 못한 이유에 대해서 박건이 분석을 시작했다.

'무게중심이 앞으로 쏠렸기 때문인가? 그게 아니면, 배트를 내미는 동작이 너무 간결했기 때문인가?'

타격폼을 수정한 지 아직 많은 시간이 흐르지 않았다.

그래서 박건이 바로 문제점을 찾아내지 못하고 당황할 때였다.

"레그 킥."

이용운이 툭 한마디를 내뱉었다.

'레그 킥?'

박건의 생각이 레그 킥에 미쳤을 때, 이용운의 해설이 이어졌다.

"박건 선수의 타격에서 아쉬웠던 점은 레그 킥이 너무 낮았다는 겁니다. 레그 킥이 너무 낮았기 때문에 타격 타이밍이 빨라져서 안타가 아닌 3루 측 라인 선상을 벗어나는 파울 타구가 된 거죠. 제가 분석하기로는 습관 때문입니다. 그동안 박건 선수는 컨택 위주로 타격을 해오면서 그 습관이 몸에 밴 탓에 레그 킥이 낮았던 겁니다. 제 버릇 개 못 준다는 속담이 괜히 있는 게 아니죠."

박건이 혀를 내밀어 바싹 마른 입술을 훑었다.

'독설은 여전하네.'

제 버릇 개 못 준다는 속담까지 굳이 꺼낼 필요는 없었다.

컨택 위주로 오랫동안 타격을 해오면서 습관이 몸에 뱄기 때문에 레그 킥이 낮았던 것이 타격 타이밍이 빨랐던 원인이다.

이렇게 분석하는 데서 말을 마쳤어도 충분했는데.

'제 버릇 개 못 주는 법이란 속담이 맞네.'

속으로 중얼거리며 피식 웃었던 박건이 다시 타격을 준비했다.

'레그 킥이 낮았어!'

아까 타격 타이밍이 빨랐던 원인은 파악한 상황.

박건이 그 점을 염두에 둔 채 타격에 임했다.

슈아악.

유호건의 손에서 공이 떠난 순간, 박건이 배트를 휘둘렀다.

부우웅.

그렇지만 헛스윙이었다.

'커브가 아니라… 직구였어!'

커브를 노리고 있었는데 예상치 못한 직구가 들어왔기에 헛스윙이 된 것이었다.

노 볼 2스트라이크.

후우.

불리한 볼카운트에 몰린 박건이 한숨을 내쉬었을 때였다.

"3구는 뭘 던질 것 같으냐?"

이용운이 질문했다.

"그걸 제가 어떻게 압니까?"

"뭐?"

"유호건의 마음까지 읽는 재주는 없다는 뜻입니다."

박건이 대꾸하자, 이용운이 혀를 찼다.

"쯧쯧. 그동안 이런 식으로 대충대충 야구를 해왔으니 그렇게 성적이 형편없었지."

'이 양반이 진짜!'

박건이 발끈했을 때, 이용운이 덧붙였다.

"3구째로 체인지업이 들어올 거다."

'정말 체인지업이 들어올까?'

그동안 이용운이 했던 예측들.

대부분 들어맞았다.

유호건이 3구째로 체인지업을 던질 거란 이용운의 이번 예측도 적중할 확률이 높았다.

"왜 그렇게 예측하시는 겁니까?"

"내 예측의 근거는 둘이다. 첫 번째 근거는 습관이지."

'습관?'

박건이 두 눈을 가늘게 좁혔다.

아까 자신의 레그 킥이 낮았기 때문에 타격 타이밍이 빨랐을 때 이용운은 습관이란 표현을 사용했었다.

그런데 또 한 번 습관이란 표현을 썼다.

"유호건의 주무기는 체인지업이다. 그리고 직구를 던지고 난 후 다음 공을 체인지업을 던져 타자의 타이밍을 빼앗아 헛스윙 혹은 내야땅볼을 유도하는 볼배합을 가져가는 것이 잦아지다 보니 습관이 됐지."

'일리가 있다.'

박건이 속으로 판단한 순간, 이용운이 두 번째 근거를 밝혔다.

"두 번째 근거는 후배를 만만하게 보기 때문이다."

*   *   *

'날 만만하게 보기 때문에 유인구를 사용하는 대신 삼구삼진을 노리고 스트라이크존을 통과하는 체인지업을 던질 것이다?'

이용운은 대승 원더스의 전력 분석 팀의 실력이 뛰어나다고 평가했다.

즉, 대승 원더스의 전력 분석 팀에서 박건이란 타자는 신중하게 승부를 하지 않아도 된다는 분석을 내놓았다는 뜻이었다.

'후회하게 만들어주지.'

박건이 배트를 고쳐 쥔 순간, 유호건이 와인드업을 마친 후 3구째 공을 던졌다.

슈악.

'체인지업이다. 레그 킥을 더 높이.'

몸에 밴 습관을 바꾸는 방법.

타격 시에 계속 의식을 하는 것뿐이었다.

파악.

높이 들어 올렸던 왼쪽 발이 힘껏 지면을 박참과 동시에 박건의 허리와 배트가 돌아갔다.

따악!

'제대로 맞았다.'

박건이 배트를 내던지고 1루로 향해 달려가며 타구를 살폈다.

중견수 앞에 떨어지는 깔끔한 중전안타가 됐다는 것을 확인한 순간, 박건은 환호하는 대신 미간을 찌푸렸다.

'장타가 될 거라 예상했는데.'

타구의 비거리가 기대에 한참 미치지 못했기 때문이었다.

'왜?'

1루 베이스에 도착한 박건이 아쉬운 기색을 드러내고 있을 때, 이용운이 말했다.

"웃어라."

"……?"

"첫술에 배부를 수야 없으니까."

*   *   *

0—2.

3회가 끝났을 때의 스코어였다.

대승 원더스는 1회 말에 터진 4번 타자 정승기의 투런홈런으로 리드를 잡았다.

반면 한성 비글스의 타자들은 무기력한 느낌이 들 정도로 대승 원더스의 선발투수인 유호건을 공략하지 못했다.

박건이 1회 초에 뽑아낸 중전안타가 현재까지 유일한 출루였다.

4회 초 한성 비글스의 공격.

선두타자는 박건이었다

'첫술에 배부를 수야 없지만, 그래도 아쉬운 건 어쩔 수 없어.'

단타 하나로 만족할 수는 없었다.

'어떻게 장타를 만들어내지?'

박건이 고심하고 있을 때, 이용운이 말했다.

"초구는 커브가 들어올 거다."

"또요?"

"후배를 여전히 만만하게 보고 있거든."

첫 타석에서 박건은 중전안타를 만들어냈다.

그렇지만 박건에게 던지는 유호건의 시선은 강렬하지 않았다.

운이 없어서 안타를 허용했다고 판단하는 것이리라.

'커브를 노린다.'

박건이 초구부터 과감하게 공략하기로 결심한 순간이었다.

슈악.

이용운의 예상대로 커브가 들어왔다.

따악.

박건이 이를 악물고 휘두른 배트 중심에 타구가 걸렸다.

'됐다. 확실히 장타다.'

이렇게 판단하며 1루로 내달리던 박건이 타구를 확인했다.

중견수의 키를 훌쩍 넘기는 타구가 될 거라 기대했는데.

중견수가 뒤로 몇 걸음 물러나서 여유 있게 타구를 잡아냈다.

평범한 외야플라이.

'왜 타구가 멀리 뻗지를 않지?'

박건이 고개를 갸웃했을 때, 이용운이 말했다.

"네 자신을 알라."

"……?"

"걷지도 못하는 놈이 뛰려고 하는 셈이란 뜻이다."

*   *   *

3타수 2안타.

대승 원더스와의 퓨처스 리그 경기에서 박건이 기록한 성적이
었다.

한 경기에서 멀티히트를 기록한 것.

무척 오래간만이었다.

그리고 딕 케이타 코치의 조언대로 타격폼을 수정한 것은 분
명히 효과가 있었다.

4타수 2안타.

3타수 2안타.

4타수 3안타.

이후 경기들에서 박건이 남긴 성적들이었다.

모두 멀티히트 이상의 경기를 했다는 것은 무척 고무적인 사실이었지만, 박건은 환하게 웃지 못했다.

그 이유는 둘.

우선 한성 비글스가 연패에 빠졌다.

박건이 타석에서 멀티히트 이상을 기록했지만, 한성 비글스는 승리를 거두지 못했다. 그리고 한성 비글스가 승리하지 못한 이유는 타선이 점수를 뽑아내지 못했기 때문이었다.

지독한 변비 타선.

이렇게 불리고 있을 정도로 퓨처스 리그 경기에서 한성 비글스 타자들은 좀처럼 점수를 뽑아내지 못하고 있었다.

지난 네 경기 가운데 2득점을 올린 경기가 두 차례.

1득점을 올린 경기가 한 차례.

나머지 한 경기에서는 아예 득점을 뽑아내지 못했다.

그런데 어찌 경기에서 승리할 수 있을까.

또 하나 박건이 웃지 못한 이유는 장타가 나오지 않아서였다.

도합 9개의 안타를 기록하는 동안, 장타는 하나도 나오지 않았다.

모두 단타.

'이래서는 똑딱이밖에 안 돼.'

계속 이런 상황이 지속되면 곤란했다.

그래서 훈련장에 우두커니 서 있던 박건이 한숨을 내쉬었을 때였다.

"왜 한숨을 쉬는 거냐?"

이용운이 물었다.

"팀이 연패에 빠졌으니까요."

박건이 대답하자, 이용운이 대수롭지 않다는 듯 대꾸했다.

"실력도 없는 주제에 오지랖은 또 넓은 편이네."

"무슨 뜻입니까?"

"후배가 고민할 문제가 아니란 뜻이다."

박건도 엄연히 한성 비글스 소속 선수.

팀이 연패에 빠졌는데 아무렇지도 않을 수는 없는 노릇이었다.

그래서 박건이 슬쩍 미간을 찌푸렸을 때였다.

"어차피 떠날 팀이지 않느냐?"

'떠날 팀?'

잠시 후, 박건이 고개를 끄덕였다.

2군 선수들이 경기를 펼치는 퓨처스 리그에서 날고뛰어 봐야 어차피 양두호 감독이 버티고 있는 한 한성 비글스 1군으로 올라가지 못한다.

이게 현재 박건이 처해 있는 상황이었다.

어차피 소속 팀을 옮겨야 하는 입장.

그러니 한성 비글스라는 팀에 애정을 가질 필요가 없다는 것이 이용운의 주장이었다.

'틀린 이야기는 아냐.'

박건이 속으로 생각했을 때, 이용운이 덧붙였다.

"그 고민은 천우종 감독에게 맡겨두도록 해라. 지금 후배가 고민해야 할 건 따로 있으니까."

"제가 고민할 게 뭡니까?"

"장타가 나오지 않는 문제를 해결해야지."

이용운 역시 박건과 같은 생각을 갖고 있었다.

장타가 나오지 않는 문제를 풀어나갈 해법을 찾는 게 우선이라고 말했다.

"이유를 모르겠습니다."

박건이 재차 한숨을 내쉬며 대답하자, 이용운이 물었다.

"내가 이유를 알려줄까?"

"문제를 해결할 방법을 알고 계십니까?"

"알아냈다."

이용운이 자신만만한 목소리로 대답한 순간, 박건이 미간을 찌푸렸다.

대체 왜 장타가 나오지 않을까?

박건은 줄곧 이 부분에 대해서 고민을 거듭했다.

'일찍 알려줬으면 좋았을 거 아냐?'

그 문제에 대한 해법을 일찍 알려주었다면 머리에 쥐가 날 정도로 고민할 필요가 없었을 터.

그래서 박건이 못마땅한 표정으로 따졌다.

"그걸 왜 이제야 말하는 겁니까?"

"그만한 이유가 있다."

"무슨 이유요?"

"후배를 위해서였다."

'이건 또 무슨 궤변이야?'

박건의 미간이 더욱 찌푸려졌을 때, 이용운이 말을 이었다.

"공짜 좋아하면 머리가 벗겨지거든."

"……?"

"아직 결혼도 안 했는데 벌써 머리가 벗겨지면 안 되잖아? 그래서 빨리 알려주지 않았던 거다."

'오지랖도 참 넓네.'

이용운의 말이 끝나기 무섭게 박건이 떠올린 생각이었다.

박건만 오지랖이 넓은 것이 아니었다.

이용운도 오지랖이 넓기는 마찬가지였다.

너무 많아서 고민일 정도로 머리숱이 많은 박건의 탈모까지 신경 써주는 것이 그의 오지랖이 넓다는 증거였다.

'이래서 파트너가 된 건가?'

불쑥 이런 생각을 떠올렸던 박건이 움찔했다.

'내가 지금 무슨 생각을 하고 있는 거야?'

그 생각을 떨쳐내기 위해서 박건이 힘껏 고개를 흔들 때였다.

"그리고 내게도 시간이 좀 필요했다."

"무슨 시간이요?"

"딕 케이타 코치의 조언대로 후배가 타격폼을 수정한 이후에 장타가 나오지 않는 이유에 대해서 분석할 시간 말이다."

이용운의 대답을 들은 박건이 살짝 당황했다.

사망한 이용운과 대화를 나누기 시작한 지도 꽤 시간이 흘렀고, 그사이 박건은 그와 많은 이야기를 나누었다

그 과정에서 박건은 여러 차례 감탄했었다.

그 이유는 이용운의 야구 지식이 무척 해박하다는 사실을 새

삼 깨달았기 때문이었다.

어떤 질문을 던져도 대답에 막힘이 없었다.

마치 대답 자판기처럼 느껴진달까.

그뿐이 아니었다.

해박한 야구 지식을 바탕으로 경기 중에 그가 했던 예측들은 대부분 적중했다.

그런 일들이 반복되다 보니, 박건은 이용운이 마치 질문이나 고민이 생겼을 때 바로 해결할 능력을 갖춘 것처럼 은연중에 인식하고 있었다.

방금 박건이 당황한 것도 그런 이유였다.

'이 사람, 아니, 이 귀신도 다 아는 것은 아니구나.'

박건이 막 그렇게 판단했을 때, 이용운이 물었다.

"그 이유가 뭔지 알아?"

"대체 이유가 뭡니까?"

이용운이 대답했다.

"생각이 너무 많아서야."

*   *   *

'무슨 뜻이지?'

생각이 너무 많기 때문에 장타가 나오지 않는다는 이용운의 대답.

박건이 전혀 예상하지 못했던 대답이었다.

그래서 제대로 말뜻을 이해하지 못하고 있을 때였다.

"내가 요새 좀 조용했지?"

이용운이 물었다.

'그랬었나?'

박건이 기억을 더듬었다.

그러고 보니 이용운의 말수가 좀 줄었던 것 같았다.

물론 평소에는 말이 여전히 많았었다.

다만 경기 중에는 말수가 확실히 줄어 있었다.

'이제 지쳤나?'

혼자 해설하는 것에 지쳤을지도 모른다는 생각이 들어서 박건이 픽 하고 실소를 터뜨렸을 때였다.

"요새 좀 조용히 지냈던 이유는 후배를 관찰하기 위해서였다."

"그게 무슨 뜻입니까?"

"바뀐 후배의 타격폼을 관찰했다. 예전으로 돌아갈 기미가 보이지 않는지, 다시 타격폼이 흐트러지지 않는지를 확인했다."

"관찰 결과가 어땠습니까?"

"바뀐 타격폼을 잘 유지하고 있었다."

박건이 안도의 한숨을 내쉬었다.

부지불식간에 타격폼이 다시 흐트러지는 것.

박건이 가장 우려했던 부분 가운데 하나였기 때문이었다.

다행히 타격폼이 흐트러지지 않았다는 사실을 확인하고 안도한 박건이 말했다.

"계속 신경을 쓰고 있었던 덕분인 것 같습니다."

잘하고 있다는 칭찬이 돌아오길 기대했는데.

"그게 문제다."

박건의 기대는 어긋났다.

'오히려… 그게 문제라고?'

새로 바뀐 타격폼이 흐트러지지 않고 유지될 수 있도록 계속 신경을 쓰는 것.

그게 대체 왜 문제라는지 박건은 이해하기 힘들었다.

그래서 의아한 표정을 짓고 있을 때였다.

"계속 거기 신경을 쓰느라 정작 타격 시에 제대로 힘을 싣지 못한다. 그래서 장타가 나오지 않는 거다."

이용운이 분석 결과를 꺼내놓았다.

'정말 그랬나?'

박건이 다시 기억을 더듬었다

딕 케이타 코치의 조언대로 타격폼을 수정한 후, 박건은 타석에 들어설 때마다 바뀐 타격폼이 흐트러지지 않도록 잔뜩 신경을 기울였다.

상대 투수와의 승부보다 오히려 그 부분에 더 신경이 쓰였다.

스윙을 하면서도 마찬가지였다.

'상체를 세우고 있나? 레그 킥의 높이가 다시 낮아지지는 않나?'

이런 부분들에 신경을 쓰다 보니, 막상 타격을 할 때 집중력이 부족했다. 그래서 힘을 제대로 싣지 못했던 것이었고.

"그래서였구나."

박건이 비로소 장타 부재 문제를 해결할 방안을 알아낸 순간이었다.

"이제 타석에서 타격폼에는 더 신경 쓰지 마라."

이용운이 충고했다.

"왜 그런 충고를 하시는 겁니까?"

"바뀐 타격폼이 어느 정도 몸에 밴 것 같으니까. 이제는 타격폼에 신경 쓰지 말고 타격 시에 힘을 싣는 데 집중할 때가 됐다."

"알겠습니다."

박건이 충고를 받아들였을 때, 이용운이 다시 물었다.

"내가 왜 그 사실을 지금 알려준 건지 아느냐?"

"네?"

"애를 더 태우다가 알려줄 수도 있었다. 그런데 왜 하필 지금 그 사실을 알려준 이유 말이다."

"모르겠습니다. 그 이유가 대체 뭡니까?"

이용운이 대답했다.

"내일 경기가 무척 중요하기 때문이다."

*　　　*　　　*

"순위가 같아졌군."

현재 한성 비글스의 KBO 리그 순위는 8위였다.

퓨처스 리그에 출전하고 있는 한성 비글스의 순위는 여섯 개 팀이 속해 있는 북부 리그의 4위였다. 그리고 남부 리그와 통합해서 순위를 매기면 정확히 8위였다.

한때 북부 리그 2위까지 치솟았던 순위는 한성 비글스 2군 팀이 6연패에 빠지면서 어느덧 4위로 추락해 있었다.

"감독 노릇 참 어렵구만."

천우종이 깊은 한숨을 내쉬었다.

KBO 리그에서 한성 비글스가 하위권에 처져 있는 데는 여러 이유가 있었지만, 천우종의 책임도 있었다.

부상자가 속출하면서 팀이 어려움에 처했을 때, 새로운 선수가 1군 무대에 진입해서 활기를 불어넣어 주는 것.

강팀의 조건이었다.

실제 KBO 리그 선두를 다투고 있는 두 팀인 대승 원더스와 우송 선더스는 끊임없이 좋은 선수들이 배출되며 상위권 도약의 견인차 역할을 했다.

반면 한성 비글스는 눈에 띌 정도로 좋은 선수들이 배출되지 않았다.

그래서 하위권으로 처져 있는 것이었고.

그 책임에서 자유로울 수 없기에 답답한 표정을 짓던 천우종이 수첩을 꺼냈다.

〈한성 비글스 선발 라인업〉

1. 박선교.

2. 박건.

3. 우상욱.

4. 김병호.

5. 이민수.

6. 김덕철.

7. 양지훈.

8. 이순혁.

9. 도진기.

연패에 빠졌음에도 한성 비글스의 선발 라인업과 타순은 바뀌지 않았다.

선발 라인업에 일부러 변화를 주지 않은 것이 아니었다.

선발 라인업에 변화를 줄 수가 없었다.

한성 비글스의 선수층이 그만큼 얕았기 때문이었다.

"낙제점을 받아도 할 말이 없군."

1군 무대에서도 훌륭한 활약을 펼칠 좋은 선수를 발굴해서 키워내는 것.

2군 감독의 역할 가운데 하나였다.

그 점만 놓고 보자면 천우종은 낙제점이었다.

"그나마 박건이 가장 눈에 띄는군."

기록지를 확인하던 천우종이 두 눈을 빛냈다.

타선이 침체를 겪으며 팀이 연패에 빠진 기간에도 박건은 꾸준히 멀티히트를 기록하고 있었다.

"분명히 재능은 있는데."

아쉬운 표정으로 혼잣말을 중얼거리던 천우종이 펜을 들었다.

쫘악. 쫘악.

일단 박선교의 이름 위에 두 줄을 그은 천우종이 팔짱을 꼈다.

팀이 연패에 빠져 있는 상황인데 아무것도 하지 않을 수는 없었다.

선수층이 얇아서 선발 라인업을 바꿀 수 없다면, 타순이라도 바꿔야 했다.

잠시 후, 천우종이 3번 타순에 적힌 우상욱의 이름 위에도 두 줄을 그었다.

그리고 대신 박건의 이름을 적어 넣었다.

*   *   *

청우 로열스 VS 한성 비글스.

양 팀의 퓨처스 리그 경기가 두 시간 앞으로 다가와 있었지만, 장원석 감독은 선발 라인업을 발표하지 못했다.

그라운드에서 선수들이 훈련하는 모습을 살피는 대신, 장원석은 감독실에 머물고 있었다.

'확 관둬 버릴까?'

소파 상석에 앉아 있는 송이현을 힐끗 살피던 장원석이 속으로 생각했다.

송이현의 나이는 서른하나.

아직 새파랗게 젊은 송이현이 청우 로열스 단장으로 부임했던 것은 올해 초였다.

「정체된 한국프로야구에 새바람을 몰고 올 젊은 감각을 갖춘 신임 단장 취임」

비슷한 기사들이 쏟아졌지만, 그녀가 말 그대로 낙하산임을 모르는 이는 없었다.

송이현이 청우 로열스의 모그룹인 청우 그룹 회장인 송수백의 막내딸이었기 때문이었다.

당시만 해도 청우 로열스 2군 감독을 맡고 있던 장원석은 송이현의 단장 취임이 자신과 별 상관이 없을 거라고 판단했다.

송이현이 청우 로열스 단장이라는 명함만 팠을 뿐, 단장으로서 거의 활동하지 않을 거라 여겼기 때문이었다.

그러나 명백한 오판이었다.

청우 로열스 단장으로 새로 부임한 송이현은 거의 매일 사무실에 출근 도장을 찍었고, 청우 로열스의 경기가 열리는 경기장도 자주 찾았다.

물론 신임 단장이 지켜본다고 해서 청우 로열스의 경기력이 갑자기 좋아지는 기적은 벌어지지 않았다.

리그 9위.

청우 로열스는 거듭 패하면서 올 시즌에도 하위권에 처져 있었다.

그로 인해 흥미가 떨어졌을까.

송이현은 얼마 전부터 청우 로열스 1군 경기가 열리는 경기장을 찾아가서 관전하지 않았다.

대신 청우 로열스 2군 선수들이 출전하는 퓨처스 리그 경기를 보러 자주 찾아왔다.

비록 마뜩지는 않았지만, 송이현의 직함은 청우 로열스의 단장.

장원석은 그녀에게 소파 상석을 내줄 수밖에 없었다.

거기서 끝났다면 참았으리라.

그렇지만 송이현은 소파 상석을 차지한 후, 이런저런 간섭을 하기 시작했다.

그러더니 어느 순간부터는 경기 전에 선발 라인업을 결정하는 것까지 간섭하고 있었다.

선발 라인업을 결정하는 것.

어디까지나 감독의 고유 권한이었다.

그 권한을 침해당한 탓에 장원석은 화가 머리꼭대기까지 치민 것이었다.

그리고 더 화가 나는 것은 송이현이 야구에 대해 전혀 모른다는 점이었다.

야구가 뭔지도 모르면서 충고를 빙자해서 이런저런 간섭을 하기 시작하는데 어찌 짜증이 치밀지 않을 수 있을까.

해서 장원석이 소파 상석에 앉아서 뭔가를 보고 있는 송이현을 매섭게 노려보고 있을 때였다.

"정수천 선수는 선발 라인업에서 빼죠."

송이현이 고개를 들며 말했다.

"왜 빼자는 겁니까?"

"나이가 너무 많아요."

정수천의 나이는 서른넷.

야구선수치고는 환갑에 가까워진 나이였다.

그렇지만 장원석이 정수천을 오늘 경기 선발 라인업에 포함시킨 데는 이유가 있었다.

정수천의 최근 타격감이 괜찮은 편이기 때문이었다.

"최근 다섯 경기 타율이 삼 할 구 푼이니까 무려 사 할에 육박합니다. 그러니 정수천을 오늘 경기에 출전시키는 것이 당연……"

"잘해서 1군으로 올라간다 치죠. 그리고 1군에서도 타율 삼

할 언저리를 기록한다고 치죠. 그래서요?"

"네?"

"그래서 어떻게 할 거죠?"

"정수천이 잘하면… 팀을 위해 좋은 것 아닙니까?

장원석이 대답하자, 송이현은 코웃음을 쳤다.

"정수천 선수가 1군에서 삼 할 언저리를 기록한다면, 청우 로열스가 가을야구에 진출할 수 있을까요?"

"그야… 어렵죠."

"그런데 정수천 선수를 1군에 올릴 필요가 있을까요?"

"……?"

"게다가 정수천 선수는 올해 일억 이천만 원을 수령하는 고액 연봉자입니다. 더구나 올 시즌에 FA 자격 일수를 채우면 자유계약선수 신분이 되죠. 제가 공부한 바로는 FA 로이드라는 표현이 있더군요. 만약 정수천 선수가 FA 로이드 때문에 대단한 활약을 펼치면 어떻게 하실 겁니까?"

"그 활약에 걸맞는 대우를 해주면 되는 것 아닙니까?"

장원석이 대답한 순간, 송이현이 미간을 찡그렸다.

"어느 정도 짐작하고 있었지만, 경영에 대한 개념이 전혀 없으시네요."

그 이야기를 들은 장원석도 미간을 찡그렸다.

지금은 오늘 경기에 출전할 선발 라인업을 정하는 자리였다.

그런데 경영이라는 단어가 지금 왜 등장한단 말인가?

그때, 송이현이 짤막한 한숨을 내쉰 후 다시 입을 뗐다.

"아시다시피 정수천 선수는 서른넷입니다. 그리고 프로 입단

후, 계속 청우 로열스에서만 선수 생활을 했죠. 만약 정수천 선수가 제 우려대로 1군에서 좋은 활약을 펼쳐서 자유계약 선수 자격을 취득하면 어떻게 될까요?"

"축하할 일이죠."

"아니요. 반대입니다."

"네?"

"저는 정수천 선수와 FA 계약을 맺을 생각이 전혀 없습니다. 그러니 가장 최선은 다른 구단과 FA 계약을 맺는 겁니다. 그런데 나이가 이미 삼십대 중반인 데다가 평범한 성적을 남긴 정수천 선수와 계약할 구단이 있을까요? 저는 없다고 단언할 수 있습니다. 그럼 다시 공은 저희 쪽으로 넘어오겠죠. 그때가 되면 정수천 선수에 대한 동정론이 일기 시작할 겁니다. 청우 로열스를 위해서 오랫동안 열심히 뛰어온 선수이니까 좋은 조건에 FA 계약을 맺어줘라. 선수 생활의 유종의 미를 거둘 기회를 줘라. 이렇게 말이죠."

"그럼 유종의 미를 거둘 기회를 주면 되지 않습니까?"

장원석이 질문한 순간, 송이현이 다시 한숨을 내쉬었다.

"항상 그런 식이라서 청우 로열스가 만년 하위권인 겁니다. 또 매년 적자를 기록하고 있는 것이고요."

이건 부인할 수 없는 팩트.

그래서 장원석의 말문이 막힌 순간, 송이현이 다시 말했다.

"좋은 게 좋은 거다. 이런 식으로 방만한 운영을 하니까 성적은 성적대로 안 나오고, 적자는 적자대로 나는 것 아닙니까? 결정하세요."

"뭘 결정하란 겁니까?"

"정수천 선수를 라인업에서 빼실래요? 아니면, 감독님이 옷 벗으실래요?"

제7장

3번 타자 겸 좌익수.

선발 라인업을 확인한 박건이 두 눈을 빛냈다.

그동안 꾸준히 2번 타순으로 경기에 나섰는데, 타순이 3번으로 바뀌어 있었다.

그리고 타순이 바뀐 것은 박건만이 아니었다.

원래 박선교가 맡았던 리드오프 임무는 우상욱. 2번 타순에는 이민수가 포진했다.

3번과 5번.

기존에 중심타선에 포진됐던 우상욱과 이민수가 테이블세터진에 포함된 것을 확인한 박건이 놀란 표정을 짓고 있을 때였다.

"내가 그랬잖아. 한성 비글스가 연패에 빠진 것은 천우종 감독이 고민할 문제라고."

역시 바뀐 타순을 확인한 이용운이 덧붙였다.

"천 감독이 고민을 하긴 했네."

"왜 제가 중심타선에 포진된 걸까요?"

"잘 치니까."

"……?"

"딱 까놓고 말해서 여기 이름 적힌 선수들 중에는 후배가 타격감이 제일 낫잖아."

이용운의 말은 틀리지 않았다.

현재 선발 라인업에 이름을 올리고 있는 타자들 가운데 꾸준히 멀티히트를 기록하고 있는 것은 박건뿐이었다.

해서 박건이 고개를 끄덕였을 때였다.

"그렇다고 해서 자만하지는 마라. 후배가 잘한 게 아니라, 다른 선수들이 워낙 못하는 거니까."

"저도 알고 있습니다."

"후배가 안타를 치고 출루해 봐야 후속타가 터지지 않아서 점수를 올리지 못하는 상황이 계속 반복되니까, 천 감독이 생각을 바꿨어. 그나마 선구안이 괜찮은 우상욱과 이민수를 테이블세터진에 포진시켜서 출루에 성공하면 후배가 적시타를 때려서 점수를 올린다. 이게 천우종 감독이 타순에 변화를 주면서 후배를 중심타선에 포진시킨 이유야."

타순 변화에 담긴 천우종의 의중을 간파한 박건이 한숨을 내쉬었다.

2번 타순에 포진된 것과 3번 타순에 포진된 것.

확실히 중압감이 달랐기 때문이었다.

그리고 이용운은 눈치가 빨랐다.

"설마 부담되는 거냐?"

"조금 부담이 되는 것은 사실입니다."

박건이 솔직하게 대답한 순간이었다.

"장차 메이저리그에 진출하기로 결심했는데 고작 퓨처스 리그 경기에서 중심타선에 포진됐다고 해서 부담을 느껴서야 되겠어?"

"그렇긴 하지만……."

"후배의 단점이 뭔지 알아?"

"……?"

"쓸데없는 생각이 너무 많다는 것이다."

박건의 대답을 기다리지 않고 답을 알려준 이용운이 덧붙였다.

"쓸데없는 생각을 줄여라. 아니, 그냥 생각하지 마."

"네?"

"앞으로 생각은 내가 할 테니까, 후배는 경기에만 집중해. 내 말 무슨 뜻인지 알아들었어?"

'그것도 나쁘지 않겠네.'

이용운은 야구 지식이 해박할 정도로 풍부한 편이었다.

그에게 생각을 맡기고 야구에만 집중하는 것도 나쁘지 않겠다는 생각을 하던 박건의 머릿속에 한 가지 생각이 스치고 지나갔다.

"선배님, 어제 하신 말씀은 무슨 뜻입니까?"

"무슨 말? 하도 말을 많이 했더니 내가 했던 얘기가 나도 헷갈릴 지경이다."

"역시 말을 조금 줄이시는 편이……."

"그건 내가 알아서 한다니까."

딱 잘라 대답한 이용운이 덧붙였다.

"무슨 말인지나 설명해 봐."

"어제 오늘 경기가 무척 중요하다고 말씀하셨지 않습니까?"

"아, 그 얘기."

박건이 설명하고 나서야, 이용운이 그 말을 했던 것을 기억해 내는 데 성공했다.

"오늘 경기가 중요하다고 말한 이유는 상대가 청우 로열스이기 때문이다."

"왜 그게 중요한 겁니까?"

박건이 묻자, 이용운이 대답했다.

"후배가 앞으로 뛰게 될 새로운 팀이 될 확률이 높거든."

*   *   *

박건과 이용운.

다른 점이 무척 많았다.

우선 직업이 달랐다.

박건은 현역 프로선수인 반면, 이용운은 해설위원이었으니까.

신분도 달랐다.

박건은 사람, 이용운은 귀신이었으니까.

그리고 성향도 달랐다.

박건은 생각이 많아서 우유부단한 편인 반면, 이용운은 매사에 빠르게 결단을 내리는 편이었다.

그 가운데 가장 큰 차이점은 야구와 관련된 지식의 양이었다.

"메이저리그로 진출하자."

여러 가지 상황을 감안해서 고민한 끝에 이용운이 찾아낸 해법이었다.

그렇지만 해법에 대한 대처는 서로 달랐다.

'과연 내가 메이저리그에 진출할 수 있을까?'

박건은 의심하고 있었다.

또, 그 목표를 이룰 수 있는 방법도 구체적으로 찾지 못한 상태였다.

그렇지만 이용운은 달랐다.

'이 녀석이 가진 운동신경에 내 경험이 합쳐지면서 시너지효과를 낸다면 충분히 메이저리그에 진출할 수 있다. 아니, 단지 메이저리그에 진출하는 것이 다가 아니다. 메이저리그에서도 톱클래스 선수가 될 수 있다.'

이용운은 의심 대신 확신을 가졌다.

또, 박건이 메이저리그로 진출한 후 톱클래스 선수로 성장할 수 있는 방법도 구체적으로 찾아냈다.

그 첫걸음은 웨이버공시.

그래서 청우 로열스와의 경기가 중요했다.

"혹시 송이현이란 이름은 들어봤어?"

"송이현이라면 들어봤습니다. 청우 로열스의 신임 단장 아닙니까?"

"알고 있어서 다행이다. 덕분에 설명하기 쉬울 테니까."

이용운이 본격적으로 설명을 시작했다.

"송이현의 나이는 서른하나. 게다가 남성이 아니라 여성이지. 너도 알다시피 KBO 리그 역사에 여성 단장은 송이현이 처음이다. 그래서 사람들은 청우 그룹 회장의 막내딸인 송이현이 낙하산이라고 판단했다. 또, 1년 정도 자리 보존을 하면서 경영 수업을 받는 척하다가 청우 그룹 내 다른 자회사로 직책을 옮길 거라 판단하고 있다. 그렇지만 모두 오판하고 있는 것이다. 송이현 단장은 만년 하위권 팀인 청우 로열스를 우승시키겠다는 확실한 포부와 목표를 갖고 단장으로 부임했다."

"그걸 선배님이 어떻게 아십니까?"

"직접 만나봤으니까."

송이현이 청우 로열스 신임 단장으로 부임한 후, 이용운은 그녀에게 인터뷰를 요청했다.

그 인터뷰 요청이 수락된 덕분에 이용운은 송이현 단장을 만나서 꽤 오랫동안 대화를 나눌 수 있었다.

"'머니볼'이란 영화는 알지?"

"네, 들어봤습니다."

"브래드 피트가 주연을 맡았던 '머니볼'이란 영화는 실화를 바탕으로 했다. 메이저리그 만년 최하위 팀인 데다가 자금력이 열악해서 실력 있는 선수들은 다른 팀에 뺏기기 일쑤였던 오클랜드 애슬레틱스 팀에 대한 이야기지. 오클랜드 애슬레틱스에 빌리 빈이 새 단장으로 부임한 후 기존의 선수 선발 방식과는 전혀 다른 머니볼 이론에 따라서 다른 팀들에서 외면을 받던 만년 유망주나 사생활에 문제가 있던 선수들을 영입해서 리그 우승을 노리는 게 영화의 주요 줄거리이다. 그리고 송이현 단장은 '머니볼'이란 영화를 아주 감명 깊게 봤다고 인터뷰 중에 내게 밝혔다. 또, 청우 로열스의 신임 단장으로 부임한 그녀가 꿈꾸는 것이 청우 로열스 팀을 영화 속 오클랜드 애슬레틱스 팀처럼 환골탈태시켜서 리그 우승에 도전하는 것이다."

송이현 단장과 인터뷰를 한 후, 이용운은 그녀가 청우 로열스 단장으로서 그리고 있는 청사진을 알 수 있었다. 그리고 이것이 한성 비글스와 청우 로열스의 퓨처스 리그 경기가 박건에게 무척 중요하다고 말했던 이유였다.

그때였다.

"영화와 현실은 다르죠."

박건이 심드렁한 목소리로 말했다.

"아까도 얘기했듯 '머니볼'은 실화를 바탕으로 제작된 영화이다."

"저도 알고 있습니다. 그렇지만 여기는 한국이니까요."

송이현이 단장으로 부임한 청우 로열스는 메이저리그 구단이 아니다.

KBO 리그에 속해 있는 구단이다. 그리고 KBO 리그에서 영화 '머니볼'에 등장했던 이론을 구현해서 팀을 재편하고 우승하는 것은 불가능하다.

박건이 방금 던진 말에 담긴 뜻이었다.

"물론 쉽지는 않겠지."

이용운도 동의했다.

메이저리그와 KBO 리그는 여러모로 달랐기 때문이었다.

당장 구단수가 훨씬 적은 데다가, 트레이드가 활발히 이뤄지지 않는 것부터가 송이현 단장에게는 큰 난관이 될 터였다.

그렇지만 이용운은 우려보다 기대가 컸다.

"그래도 난 송이현 단장을 응원하고 싶다."

"왜입니까?"

"도전은 박수받아 마땅한 일이니까."

이용운이 판단하기에 KBO 리그는 정체되어 있었다.

기득권을 손에 쥔 자들이 현상 유지를 바라기 때문이었다.

이런 상황에서 송이현 단장의 등장은 정체된 KBO 리그에 새 바람을 불러일으킬 가능성이 충분했다.

설령 그녀의 도전이 실패로 끝난다 하더라도 충분히 의미 있는 도전이 될 터였다.

그리고 하나 더.

송이현 단장의 등장은 박건에게 기회가 될 가능성이 높았다.

"청우 로열스가 앞으로 제가 뛰게 될 새 구단이 될 확률이 높다는 것은 또 무슨 말씀입니까?"

"잘 어울리잖아."

"제가 청우 로열스와 어울린단 뜻입니까?"

"그래. 아까 내가 말했던 조건에 부합하잖아."

"⋯⋯?"

"만년 유망주란 조건에 부합한단 뜻이다."

*　　　　*　　　　*

청우 그룹 회장 송수백의 장남인 송기태.

그는 청우 유통의 대표이사를 맡고 있었다. 그렇지만 송기태가 대표이사를 맡은 후, 청우 유통의 핵심이라 할 수 있는 대형 마트 체인 WOO MART의 실적은 악화일로를 걷고 있었다.

경쟁 업체들의 공격적인 경영에 선두 주자라 할 수 있는 WOO MART는 어려움을 겪고 있었고, 경영 부진에서 벗어나기 위해 송기태가 야심차게 연 WOO MART 편의점은 기존 편의점들의 아성을 넘지 못하고 실패작으로 남을 확률이 높았다.

송수백의 차남인 송기철.

그는 청우 호텔의 대표이사를 맡고 있었다. 그러나 청우 호텔 역시 경영난을 겪고 있는 것은 마찬가지였다.

호텔업 불황의 직격탄을 맞으며 평일 공실률은 60%, 주말 공실률도 40%에 육박했다.

실적 부진을 타개하기 위해서 송기철은 청우 호텔 내에 청우 푸드 & 베이커리를 론칭했지만, 해결책이 되기에는 역부족이었다.

송기태와 송기철이 모두 청우 그룹 후계자가 될 능력을 증명하지 못하고 있는 상황.

송수백은 막내딸인 송이현에게 거는 기대가 컸다.

그래서 외국 유학을 마치고 돌아왔던 송이현에게 아버지인 송수백은 청우 푸드 & 베이커리를 맡아서 경영 수업을 해보라고 제안했다.

그렇지만 송이현은 그 제안을 단칼에 잘라 거절하며 부탁했다.

"청우 로열스 구단을 맡아서 운영해 보고 싶습니다."

　　　　*　　　　*　　　　*

　세상 사람들은 송수백의 지시로 송이현이 청우 로열스 단장직을 맡은 것이라고 알고 있었다.

　또, 청우 그룹 계열사 중 하나를 맡기 전에 잠시 청우 로열스 단장직을 맡은 거라 예상했다.

　그렇지만 빗나간 예상이었다.

　송이현이 청우 로열스 단장직을 원한 이유.

　항상 적자인 데다가, 리그 하위권을 전전하는 청우 로열스의 단장을 맡아서 제대로 운영해 보고 싶다는 욕심이 있었기 때문이었다.

　물론 송이현이 청우 로열스의 신임 단장으로 부임하자 색안경을 끼고 바라보는 시선은 존재했다.

　─여자가 야구에 대해 뭘 알겠어?

　이런 선입견 때문일 터였다.

　그렇지만 송이현은 야구를 좋아했다.

　미국에서 유학하던 중에도 수시로 메이저리그 경기장을 찾아가서 관전했을 정도로.

　또, KBO 리그의 구단들과는 차별점이 무척 많은 메이저리그 구단들의 운영 방식에 흥미를 느꼈다.

　'기존의 패러다임을 바꿔보자.'

청우 로열스 단장으로 부임한 송이현이 한 결심이었다. 그리고 송이현의 최우선 목표는 적자가 아닌 흑자를 내는 구단으로 바꾸는 것이었다.

그 목표를 이루기 위해서 송이현은 청우 로열스 2군 선수들이 출전하는 퓨처스 리그 경기장을 찾은 것이었다.

*　　　*　　　*

"그래도 아직 잘리고 싶진 않은가 보네."

청우 로열스 선발 라인업 명단을 확인하던 송이현이 희미한 웃음을 지었다.

정수천 선수가 선발 라인업 명단에서 빠진 것을 확인했기 때문이었다.

그때였다.

부우웅.

배트가 허공을 가르는 소리가 들려왔다.

"스트라이크아웃."

정수천 선수를 대신해 선발로 출전한 김민하 선수는 낙폭이 큰 커브에 속수무책으로 당하면서 삼진으로 물러났다.

"캡틴, 지금 웃고 있을 때가 아닌 것 같은데요."

퓨처스 리그 경기를 보기 위해서 동행한 제임스 윤이 핀잔을 건넸다.

"그렇긴 하네요. 세 타자 연속 삼진인가요?"

"네."

"참 신기하네요."

"뭐가 신기하다는 거죠?"

"한성 비글스의 선발투수로 나선 김운동 말이에요. 커쇼 못지 않게 훌륭한 투수처럼 느껴지거든요."

"캡틴, 그 부분은 확실히 짚고 넘어가죠. 김운동이 좋은 투수라서가 아니라, 청우 로열스의 타자들이 너무 무능해서 커쇼 못지않은 투수처럼 느껴지는 겁니다."

"나도 알아요. 그래서… 더 슬프네요."

송이현이 제임스 윤과 함께 청우 로열스 2군 선수들이 출전하는 퓨처스 리그 경기장을 자주 찾는 이유.

흙 속에 숨은 진주를 찾기 위함이었다.

청우 로열스 2군에 숨어 있는 좋은 선수를 찾아서 1군 무대에 올리는 것이 그녀의 목적이었다.

그러나 눈을 씻고 찾아봐도 1군에서 활약할 정도로 좋은 선수는 발견할 수 없었다.

그래서 송이현이 한숨을 내쉬었을 때였다.

"캡틴이 아무리 슬퍼도 저만큼 슬프기야 하겠습니까?"

"……?"

"메이저리그에서 뛰는 선수들을 보다가, KBO 리그에서 뛰는 선수들을 관찰할 때 얼마나 격차가 큰지 아십니까? 자괴감이 들 정도입니다. 그런데 이제는 KBO 리그로 모자라 그보다 한참 수준이 떨어지는 퓨처스 리그에서 뛰는 선수들을 관찰하고 있는데 어찌 슬프지 않겠습니까?"

여느 때와 다름없이 청우 로열스 유니폼을 입은 채 옆에 앉아 있던 제임스 윤이 하소연을 했다.

그 하소연을 들은 송이현이 혀를 쏙 내밀며 대답했다.

"좀 미안하긴 하네요."

*　　　*　　　*

제임스 윤은 송이현이 청우 로열스 단장으로 부임하며 함께 입사했다.

현재 직책은 청우 로열스 스카우트 팀장.

낙하산 송이현이 함께 데리고 온 새끼 낙하산이라는 수군거림이 있었지만, 그건 제임스 윤이 동안이라서 받는 오해였다.

이십대 후반처럼 보일 정도로 동안이었지만, 제임스 윤의 나이는 서른여덟이었다.

또, 그는 낙하산이 아니었다.

청우 로열스 스카우트 팀장 직책을 맡기에 충분할 정도로 경력이 쌓였고, 그만한 실력도 갖추고 있었다.

아니, 그는 청우 로열스 스카우트 팀장으로 일하기에는 아까울 정도의 인물이었다.

불과 얼마 전까지 LA 에인절스 구단에서 아시아 스카우트 책임자로 일했고, 일본인 오타니 쇼헤이 영입을 성사시키는 데 결정적인 역할을 했던 것이 바로 제임스 윤이었다.

그가 가진 능력이 알려지면서 여러 다른 메이저리그 구단들에서도 제임스 윤에게 러브 콜을 보냈다.

그렇지만 제임스 윤은 쏟아지는 러브 콜들을 모두 뿌리치고,

청우 로열스 스카우트 팀장으로 입사했다.

"누굴 탓하겠습니까? 내가 잠시 미쳤던 게 틀림없습니다."

제임스 윤이 한숨을 깊이 내쉬며 머리를 감싸 쥐었다.

송이현이 자책하고 있는 제임스 윤을 빤히 바라보았다.

청우 로열스 단장 부임이 결정된 순간, 송이현은 유학 시절에 친분이 있었던 제임스 윤에게 가장 먼저 도움을 청했다.

그렇지만 그에게 도움을 청하면서도 큰 기대는 하지 않았다

청우 로열스의 스카우트 팀장으로 일하기에 제임스 윤은 너무 거물이었기 때문이다.

그런데 송이현의 예상은 빗나갔다.

제임스 윤이 흔쾌히 그 제안을 받아들였기 때문이었다.

"재밌을 것 같아서입니다."

당시 제임스 윤이 송이현의 제안을 수락하며 밝혔던 이유였다.

그렇지만 송이현은 눈치가 빠른 편이었다.

제임스 윤이 청우 로열스 스카우트 팀장 직책을 맡아달라는 제안을 수락한 데는 다른 이유도 있다는 것을 직감했다.

그리고 송이현이 짐작하는 다른 이유는 바로 자신이었다.

제임스 윤이 송이현에게 던지는 시선.

무척 강렬했다.

비록 호감을 직접적으로 표현한 적은 없었지만, 그 강렬한 시선을 확인했는데도 그의 마음을 눈치채지 못했을 리 없었다.

그럼에도 불구하고 송이현은 제임스 윤을 기꺼이 청우 로열스

스카우트 팀장으로 영입했다.

제임스 윤도 프로.

공과 사는 구분할 줄 아는 인물이기 때문이었다.

또 약간의 불편함 때문에 포기하기에는 제임스 윤이 가진 커리어와 실력이 너무 아까웠기 때문이었다.

*   *   *

1회 말 한성 비글스의 공격.

청우 로열스의 선발투수인 안명한이 리드오프로 나선 우상욱을 상대로 두 개의 스트라이크를 잇따라 잡아냈다.

노 볼 2스트라이크.

투수에게 유리한 볼카운트에서 안명한이 3구를 던졌다.

슈악. 팡.

안명한의 손을 떠난 공이 포수의 미트로 빨려 들어간 순간, 타석에 서 있던 우상욱이 움찔했다.

"스트라이크아웃!"

주심이 삼진을 선언하는 것을 지켜보던 송이현이 두 눈을 빛내며 제임스 윤에게 질문했다.

"쓸 만하지 않아요?"

"어느 쪽이요?"

"당연히 투수 쪽이죠."

안명한은 리드오프 임무를 부여받은 한성 비글스의 타자 우상욱을 삼구삼진으로 잡아냈다.

그것도 루킹삼진이었다.

'설마 바로 승부 하겠어? 유인구를 던지겠지.'

이런 타자의 의표를 완벽하게 찌른 과감한 승부가 송이현이 안명한이라는 투수에게 관심을 가진 이유였다.

그러나 제임스 윤은 심드렁한 목소리로 대답했다.

"실투였어요."

"실투?"

"포수의 미트 위치 못 보셨습니까? 포수는 바깥쪽 낮은 코스의 유인구를 요구했어요. 그런데 제구 미스인지, 사인 미스인지 확실하지는 않지만, 몸쪽 코스로 공이 들어갔죠. 그것도 스트라이크존을 한복판으로 통과하면서. 제가 보는 관점에서는 서로 경쟁을 하고 있는 것 같습니다."

"무슨 경쟁요?"

"누가 누가 더 못하나 경쟁요. 실투가 들어왔는데 방심하고 있다가 커트조차 해내지 못한 타자도 한심하고, 제구 미스로 딱 치기 좋은 코스로 실투를 던진 투수도 한심하기는 마찬가지거든요."

제임스 윤의 평가는 무척 냉정했다.

그렇지만 송이현은 그런 그의 냉철한 평가가 마음에 들었다.

이것이 제임스 윤을 어렵게 청우 로열스 스카우트 팀장으로 영입한 이유였으니까.

"정수천 선수를 대신해 출전한 김민하 선수는 첫 타석에서 삼진을 당했고, 안명한도 제임스 윤 표현대로라면 꽝인 것 같으니까 오늘도 헛걸음한 건가요?"

송이현의 질문을 받은 제임스 윤이 대답했다.

"네, 헛걸음인 것 같습니다."

"차라리 빨리 일어날까요?"

"그럼 그렇게……."

제임스 윤이 대답하던 도중에 입을 다물었다.

"왜 말을 하다 말아요?"

송이현이 고개를 돌려서 제임스 윤을 살폈다.

그런 그의 시선은 한 곳에 고정되어 있었다.

제임스 윤의 시선이 향하고 있는 곳.

타석 쪽도, 마운드 쪽도 아니었다.

대기타석 쪽이었다.

'뭘 보고 있는 거지?'

송이현이 의아함을 품었을 때였다.

"조금만 더 앉아 있다가 일어나시죠."

"왜 그래요?"

제임스 윤이 대답했다.

"방금 흥미로운 선수를 발견했습니다."

*　　　　*　　　　*

1회 말 한성 비글스 공격.

1번 타자인 우상욱이 삼구삼진으로 물러나고, 타석에는 2번 타자인 이민수가 들어서 있었다.

부우웅.

대기타석에 들어선 박건이 스윙을 한 후 물었다.

"어때요?"

"타격폼은 완벽에 가깝다."

이용운의 평가를 들은 박건이 고개를 끄덕였다.

'바뀐 타격폼을 유지해야 한다.'

여기에 신경 쓰지 않기 위해 애쓰며 자연스럽게 스윙을 했다.

그럼에도 불구하고 타격폼이 완벽에 가깝다는 이용운의 평가가 돌아온 것.

굳이 신경 쓰지 않아도 될 정도로 바뀐 타격폼이 몸에 뱄다는 증거였기 때문이다.

그때였다.

"낯이 익은데. 누구더라?"

이용운이 혼잣말을 꺼냈다.

"누구요?"

"1루 측 관중석에 청우 로열스 송이현 단장과 함께 온 남자 말이다. 분명히 낯이 익은데 누군지 기억이 안 나네."

박건도 1루 측 관중석으로 고개를 돌렸다. 그리고 박건은 금세 송이현 단장을 발견할 수 있었다.

일단 관중이 거의 없는 데다가, 커플처럼 함께 찾아와 앉아 있는 남녀는 한 쌍뿐이었기 때문이다.

"대단한 미인이네요."

청우 로열스의 신임 단장인 송이현에 대한 이야기는 많이 들었다. 그렇지만 직접 얼굴을 본 것은 이번이 처음이었다.

길을 걷다가도 눈에 확 띌 정도로 대단한 미모의 소유자인 송이현을 확인한 박건이 무심코 말하자, 이용운이 혀를 찼다.

"쯧쯧. 나도 남자지만, 하여간 남자들이란."

"무슨 뜻입니까?"

"내가 아까 얘기한 건 송이현 단장이 아니라 송이현 단장과 동행한 남자였다. 그런데 네 눈에는 송이현 단장만 보이지?"

"그게……."

박건이 멋쩍은 표정을 지었다.

송이현 단장과 그의 곁에 앉아 있는 남자.

함께 시야 내로 들어왔지만, 남자는 모자이크 처리를 한 것처럼 전혀 얼굴이 기억에 남아 있지 않았기 때문이었다.

그때였다.

"볼넷."

안명한을 상대로 풀카운트 승부를 펼치던 이민수가 볼넷을 얻어냈다.

1사 1루 상황에서 박건이 타석으로 들어섰다.

'내 역할이 크다!'

박건이 더그아웃 쪽을 힐끗 살폈다.

천우종 감독이 박건의 타순을 3번으로 조정한 이유.

최근 팀 내에서 타격감이 가장 좋은 편인 박건이 누상에 주자가 있는 상황에서 해결사 능력을 발휘해 주길 기대했기 때문이었다.

그런 천우종 감독의 기대에 부응하고 싶었다.

슈아악.

"스트라이크."

그때, 안명한이 던진 초구 직구가 바깥쪽 스트라이크존을 통과했다.

'빨라!'

타석에서 지켜보던 박건이 속으로 생각했다.

양희종이 던지던 직구보다 안명한이 던진 직구가 더 빠르게 느껴졌다.

'140km대 후반?'

박건이 구속을 가늠하고 있을 때였다.

"공은 빠르군. 구속이 140km대 중후반 정도는 나올 것 같다."

이용운이 구속을 알려주며 덧붙였다.

"이 정도로 빠른 직구를 던지는데 왜 2군에 머물고 있을까?"

박건 역시 같은 의문을 품었을 때였다.

슈악.

안명한이 2구를 던졌다.

그가 선택한 2구는 슬라이더.

그러나 제구가 뜻대로 되지 않으며 바깥쪽으로 크게 휘어져 나갔다.

포수가 미트를 내밀며 블로킹을 시도했지만, 역부족이었다.

미트 끝부분을 맞고 공이 튕겨 나갔다.

타다닷.

그 틈을 놓치지 않고 1루 주자 이민수가 여유 있게 2루로 내달렸다.

폭투가 나온 순간, 안명한의 표정이 굳어졌다.

"안명한이 좋은 직구를 갖고 있음에도 불구하고 2군에서 뛰고 있는 이유를 알겠다. 제구가 전혀 안 되는군."

이용운이 그 이유를 분석한 후, 충고했다.

"변화구의 제구가 안 된다. 카운트를 잡기 위해서 직구를 던질 거야. 직구를 노려라."

그 충고를 들은 박건이 고개를 끄덕였다.

전 타자인 이민수를 상대하면서 이미 볼넷을 허용한 안명한이었다.

게다가 변화구의 제구가 뜻대로 되지 않는 상황.

안명한은 직구를 던져서 카운트를 유리하게 가져가려 할 가능성이 높았다.

'직구를 노린다.'

박건이 타격자세를 취했을 때, 안명한이 3구를 던졌다.

슈아악.

예상대로 직구가 들어온 순간, 박건이 배트를 휘둘렀다.

그 순간, 이용운이 소리쳤다.

"기억났다."

*   *   *

따악.

경쾌한 타격음과 함께 외야로 날아간 타구는 좌익수 앞에 떨어지는 안타로 연결됐다.

'득점을 올릴 수 있을까?'

박건이 때려낸 타구는 빨랐다.

또, 1사 후였기에 2루 주자 이민수의 스타트도 빠르지 않았다.

그래서 홈으로 파고드는 것은 무리일 거라 예상했는데.

1루를 향해 달려가던 박건의 눈에 3루 코치가 힘껏 팔을 돌리는 모습이 들어왔다.

그 시그널을 확인한 이민수가 3루 베이스를 밟고 홈으로 뛰어들기 시작했다.

1루 베이스에 도착한 박건이 재빨리 상황을 살폈다.

만약 2루 주자였던 이민수가 득점에 성공한다면?

박건은 무척 오래간만에 타점을 올리는 셈이었다.

또, 천우종 감독의 기대에도 어느 정도 부응하게 되는 셈이었다.

그래서 잔뜩 기대한 채 상황을 살피던 박건의 눈에 좌익수가 송구한 공이 포수에게 날아드는 모습이 보였다.

'정확해!'

송구의 방향이 빗나가길 내심 바랐는데.

포수가 내밀고 있는 미트를 향해 정확하게 날아들고 있었다.

'아웃 타이밍!'

박건이 홈승부에 집중하고 있을 때였다.

"뭐 하고 있어?"

이용운이 버럭 소리쳤다.

"놀랐잖아요."

박건이 미간을 찌푸렸다.

이번이 처음이 아니었다.

아까 타격을 할 때도 마찬가지였다.

"기억났다."

이용운이 갑자기 버럭 소리를 치는 바람에 하마터면 타격을 할 당시 집중력이 흐트러질 뻔했었다.

그때, 이용운이 소리쳤다.

"2루로 뛰어."

'2루로 뛰라고?'

그제야 박건이 퍼뜩 정신을 차렸다.

지금은 홈승부의 결과를 멍하니 지켜보고 있을 때가 아니었다.

홈승부가 벌어지고 있는 틈을 타서 한 베이스를 더 진루해야 할 때였다.

'베이스러닝의 기본.'

타다다닷.

박건이 정신을 차리고 2루 베이스 쪽으로 내달리기 시작했다. 그리고 박건이 2루 베이스에 거의 도착했을 때, 포수가 던진 송구가 2루로 날아들었다.

쐐애애액.

박건이 슬라이딩을 시도한 순간, 포수의 송구를 받은 2루수가 태그 했다.

"아웃!"

2루심이 아웃을 선언한 순간, 박건이 아쉬움을 곱씹었다.

'내 실수야!'

홈승부 결과를 확인하기 위해서 넋을 놓고 있느라 상황판단이 늦었다. 그래서 2루로 스타트를 끊는 것이 늦어진 것이, 아웃이 선언된 이유였다.

'홈승부는?'

박건이 홈플레이트 쪽으로 고개를 돌렸을 때, 주먹을 불끈 움켜쥔 청우 로열스의 포수가 더그아웃으로 걸어 들어가는 모습이 보였다.

"공수교대."

'아웃 됐구나.'

2루 주자였던 이민수까지 아웃되면서 득점을 올릴 수 있는 절호의 기회를 허무하게 날려 버렸다는 것을 깨달은 박건이 진한 아쉬움을 느꼈다.

*   *   *

0—0.

5회 초가 끝났을 때의 스코어였다.

양 팀 선발투수인 김운동과 안명한의 호투가 이어지면서, 경기는 0의 행진이 이어지고 있었다.

"운동이 컨디션이 좋네요."

5회 말 두 번째 타자로 타석에 들어서는 박건이 대기타석을 향해 걸어 들어가며 입을 뗐을 때였다.

"그건 아닌 것 같다."

"네?"

"내가 보기엔 청우 로열스 타자들이 형편없는 거다."

이용운의 분석은 달랐다.

그런 그가 한마디를 덧붙였다.

"송이현 단장과 제임스 윤도 고민이 많겠군."

"무슨 뜻이에요?"

"송이현 단장이 왜 재미도 없고 감동도 없는 퓨처스 리그 경기를 보러 여기까지 찾아왔을 것 같아? 청우 로열스 2군 선수들 중에서 1군 무대에서 활약할 가능성이 있는 유망주를 발굴하기 위해서야. 그런데 청우 로열스 2군에 이렇게 형편없는 선수들밖에 없으니까 고민이 많을 거란 거지."

박건이 말뜻을 이해하고 다시 물었다.

"그런데 제임스 윤은 누구입니까?"

"송이현 단장 옆에 앉아 있는 남자가 제임스 윤이야."

박건이 관중석으로 고개를 돌렸다. 그리고 아까 모자이크 처리를 한 것처럼 흐릿했던 남자의 얼굴을 제대로 살폈다.

그때였다.

"눈빛이 왜 그래?"

"제 눈빛이 어떤데요?"

"적의가 깃들어 있는데?"

"생판 처음 보는 사람인데 내가 왜 적의를 품겠습니까?"

"분명히 적의가 깃들어 있었는데."

이용운의 말을 무시하고 박건이 물었다.

"그런데 제임스 윤은 뭐 하는 사람입니까?"

"아까 내가 기억났다고 했지? 분명히 낯이 익은데 계속 기억이 안 났는데 좀 전에 기억이 났다. LA 에인절스 구단에서 일했던 스카우터야."

"LA 에인절스에서 일했던 스카우터요?"

LA 에인절스는 메이저리그 구단 가운데 하나.

한국인인 제임스 윤이 메이저리그 구단에서 스카우터로 일했다는 사실을 알게 된 박건이 새삼스러운 눈빛을 던질 때였다.

"지금은 청우 로열스 스카우트 팀장으로 일하고 있어."

이용운이 설명을 덧붙였다.

"왜요?"

그 설명을 들은 박건이 의아한 표정을 지었다.

"왜라니?"

"LA 에인절스에서 스카우터로 일하던 능력자가 왜 청우 로열스 스카우트 팀장으로 일하는 겁니까?"

"그야 나도 모르지."

"왜 모르십니까?"

"야, 나라고 해서 다 알 수는 없잖아."

이용운이 불평을 터뜨렸다.

"아마 송이현 단장과 친분 때문일 거야. 송이현 단장이 제임스 윤에게 도와달라고 부탁했을 확률이 높아. 영화 '머니볼'을 보고 나서 실력이 무척 뛰어난 스카우터가 꼭 필요하다고 판단했을 테니까."

'무슨 뜻일까?'

박건이 영문을 모르겠다는 표정을 짓고 있을 때, 이용운이 핀잔을 건넸다.

"영화를 안 봐서 내 말을 이해 못 하는 거야."

"'머니볼'요?"

"그래. 송이현 단장은 청우 로열스 단장으로서 한국판 '머니볼'

을 만들겠다는 그림을 그리고 있어. 영화 '머니볼'에서 빌리 빈 단장이 오클랜드 애슬레틱스 팀을 성공적으로 이끌 수 있었던 데는 피터라는 조력자의 역할이 아주 컸어. 경영학 전공자인 피터가 그 시절에는 없던 선수 분석모델을 만들었고, 그 모델을 기반으로 빌리 빈이 선수를 영입해서 성공을 거두었던 거지. 그리고 송이현 단장은 경영학을 전공했어. 야구를 비즈니스 개념으로 접근할 준비는 갖춘 상황인 거지. 그런 그녀는 실력 있는 스카우터가 자신의 곁에 꼭 필요하다고 판단했고, 그 적임자로 제임스 윤을 선택한 거지."

그 설명을 들은 박건이 고개를 끄덕였다.

메이저리그 구단인 LA 에인절스에서 스카우터로 일했다는 것이 제임스 윤의 실력이 뛰어나다는 증거였으니까.

그럼에도 불구하고 이해가 가지 않는 것이 하나 남아 있었다.

"저는 제임스 윤이 잘 이해가 안 가네요. 고작 송이현 단장과의 친분 때문에 그 좋은 직장을 때려치운다는 건 좀……."

"너도 이해가 안 가지?"

"네."

"솔직히 말하면 나도 이해가 안 가는 건 마찬가지야. 그래서 생각해 봤는데 아무래도 단순한 친분이 아닌 것 같아."

"……?"

"제임스 윤이 송이현 단장을 좋아하는 것 같아."

'그럴 가능성이 높네!'

박건이 그 추측에 동의했을 때였다.

"어쨌든 중요한 건 그게 아니다. 송이현 단장과 제임스 윤이 왜 아직까지 경기장을 떠나지 않고 이 형편없는 경기를 계속 지켜보고 있는가? 그 이유가 중요해. 내가 보기에는 후배 때문인 것 같다."

"저…요?"

"그나마 여기선 후배가 제일 낫거든."

'이게 칭찬이야? 욕이야?'

박건이 헷갈려 하고 있을 때, 이용운이 다시 말했다.

"그래서 이번 타석이 중요하다."

"……?"

"송이현 단장과 제임스 윤에게 강렬한 인상을 심어줘야 하거든."

제8장

5회 말 한성 비글스의 공격.

선두타자 이민수가 안명한의 2구째 공을 받아쳤다.

딱.

둔탁한 타격음과 함께 높이 뜬 타구는 멀리 뻗지 못했다.

중견수가 원래 수비위치에서 앞으로 몇 걸음 전진해서 여유 있게 처리한 순간, 제임스 윤이 입을 뗐다.

"다행이네요."

그 이야기를 들은 송이현이 흐뭇한 미소를 머금었다.

청우 로열스의 선발투수인 안명한이 한성 비글스의 2번 타자인 이민수를 가볍게 외야플라이로 처리하며 호투를 이어간 순간, 제임스 윤은 다행이라고 표현했다.

제임스 윤의 직책은 청우 로열스 스카우트 팀장.

이제 애사심이 생겼기 때문이라고 송이현은 판단한 것이었다.

"회를 거듭할수록 안명한은 안정된 모습을 보여주고 있어요. 이 정도면 1군 무대에서 활용할 가치가 있지 않을까요?"

해서 송이현이 묻자, 제임스 윤은 단호하게 고개를 흔들었다.

"제구가 형편없습니다. 절대 1군 무대에서 안 통합니다."

그 이야기를 들은 송이현이 고개를 갸웃했다.

"그럼 아까는 왜 다행이라고 말했던 거예요?"

"빨리 끝나서요."

"네?"

"이민수와 안명한의 승부가 빨리 끝나서 다행이라고 표현했던 겁니다. 제가 관심 있는 것은 박건 선수거든요."

"박건 선수에게 관심이 있다고요?"

"그렇습니다."

"왜요?"

"아까 안타를 때려냈으니까요."

송이현이 고개를 끄덕였다.

첫 타석에서 박건이 안명한을 상대로 안타를 빼앗아냈던 것이 떠올랐기 때문이었다.

2루 주자였던 이민수를 홈으로 불러들이는 적시타가 될 뻔했던 안타.

그러나 결과는 좋지 않았다.

이민수가 홈으로 파고들다가 횡사했기 때문이었다.

잠시 후, 송이현이 제임스 윤에게 의아한 시선을 던졌다.

"고작 첫 타석에서 안타를 하나 때려낸 것 때문에 박건 선수에게 관심을 가지는 건 좀 이상하네요."

송이현은 제임스 윤의 성향에 대해서 어느 정도 파악한 상황.

그는 무척 냉정하고 신중한 편이었다.

고작 안타 하나 때려낸 것 때문에 박건이란 선수에게 관심을 가지는 것은 평소 제임스 윤의 모습과 달랐다.

"안타를 하나 때려냈기 때문에 관심이 생긴 것이 아닙니다."

"그럼요?"

"타격폼이 좋아서입니다. 그래서 좀 더 지켜보고 싶은 겁니다."

제임스 윤의 대답을 들은 송이현은 아까 그가 했던 말을 떠올렸다.

"조금만 더 앉아 있다가 일어나시죠. 방금 흥미로운 선수를 발견했습니다."

제임스 윤은 흥미로운 선수를 발견했다고 말했었다.

'그게 박건 선수인가?'

그렇게 판단한 송이현이 작게 고개를 끄덕였다.

제임스 윤이 그 말을 했을 당시, 박건은 타석에 들어서기도 전이었다.

즉, 제임스 윤은 대기타석에 들어서 있던 박건이 스윙을 하는 모습을 보고서 그에게 관심을 가진 것이었다.

'확실히 일반인인 나랑은 보는 눈이 달라.'

송이현이 생각했다.

'청우 로열스 단장을 맡아야겠다.'

이렇게 결심을 굳힌 후, 송이현은 나름 열심히 야구를 공부했다.

또, 메이저리그 경기도 자주 관람했었다.

그렇지만 한계는 분명히 존재했다.

경영학을 전공하고 야구를 좋아하고 또 야구에 관심이 많은 사람.

여기까지가 자신의 한계라는 사실을 깨달은 송이현은 LA 에인절스 구단 아시아 마켓 담당 스카우터로 일하던 제임스 윤을 영입했다. 그리고 제임스 윤은 확실히 자신과 야구를 보는 눈이 달랐다.

해서 송이현이 새삼스러운 시선을 던지고 있을 때, 제임스 윤이 설명을 더했다.

"첫 타석에서 박건 선수는 안명한 선수의 직구를 받아쳐서 안타를 만들었습니다. 과연 변화구를 상대할 때도 안타를 만들어 낼 수 있는지, 또 좋은 타격폼이 흐트러지지 않을지가 궁금한 겁니다."

* * *

5회 말, 1사 주자 없는 상황에서 박건이 타석으로 들어섰다.

아까 이용운은 송이현 단장과 제임스 윤이 아직 경기장을 떠나지 않고 관중석에 남아 있는 이유가 박건 때문이라고 말했다. 그리고 박건이 이번 타석에서 그들에게 강렬한 인상을 심어줄 수 있다면, 청우 로열스 이적에 한층 가까워질 거라고 덧붙였었다.

'청우 로열스라.'

단 한 번도 청우 로열스라는 팀에서 선수 생활을 할 거라고 생각해 본 적이 없었다. 그래서 청우 로열스의 줄무늬 유니폼을 입은 자신의 모습을 상상하자, 어딘가 어색하단 생각이 들었다. 그래서 박건이 멋쩍게 웃었을 때였다.

"또 앞서간다."

이용운이 핀잔을 건넸다.

"무슨 뜻입니까?"

"방금 청우 로열스 유니폼을 입은 네 모습을 상상하면서 웃었던 것, 맞지?"

속내를 들켜 버린 박건이 흠칫했다.

"혹시 내 속마음도 읽을 수 있는 겁니까?"

"내가 귀신이긴 하지만, 그런 능력까지는 없다."

"그런데 어떻게 알았습니까?"

"표정을 보고 알았지."

"……?"

"후배는 속마음이 표정에 다 드러난다. 앞으로 꼭 고쳐야 할 버릇이지."

감정이나 생각이 표정에 드러나는 것.

프로야구선수에게는 약점이었다.

포커페이스는 도박사에게만 필요한 것이 아니었다.

야구선수도 경기 중에 포커페이스를 유지할 필요가 있었다.

"아직 청우 로열스 이적이 확정된 게 아니다. 아까도 말했듯이 이번 타석에서 송이현 단장과 제임스 윤에게 강렬한 인상을 남겨야만 청우 로열스 이적에 가까워질 수 있다. 그러니 잡념은 털어내고 타석에서 집중해라."

이용운의 충고대로 박건이 타석에서 집중하기 시작했을 때였다.

"직구가 들어올 거다."

"직구요?"

이용운은 안명한이 초구로 직구를 던질 거라고 예측했지만, 박건은 그 예측을 순순히 믿기 어려웠다.

첫 타석에서 박건은 안명한을 상대로 안타를 뽑아냈었다. 그리고 안타를 뽑아냈을 때 공략했던 구종은 직구였다.

안명한도 그 부분을 인지하고 의식하고 있을 터.

그래서 초구에 직구를 던질 확률은 낮다고 판단한 것이었다.

그사이, 안명한이 와인드업을 마치고 초구를 던졌다.

슈아악.

'직구다.'

이용운이 맞고, 박건이 틀렸다.

따악.

높게 형성된 바깥쪽 직구를 확인한 박건이 배트를 힘껏 휘둘렀다.

라인드라이브성으로 쭉 뻗어나간 타구는 1루수의 키를 훌쩍 넘기며 날아갔다.

'들어가라!'

우측 라인 선상 안쪽에 떨어지기를 바랐는데.

박건의 기대와 달리 타구는 우측 라인 선상을 약 1미터가량 벗어난 지점에 떨어진 후 펜스까지 굴러갔다.

"파울!"

자신이 때려냈던 타구가 파울이 됐음을 확인한 박건이 안타까운 표정을 짓고 있을 때였다.

"내 말을 안 믿은 결과이다."

이용운이 못마땅한 목소리로 말했다.

박건이 반박하지 못하고 입을 꾹 다물었다.

방금 때린 타구가 우측 라인 선상을 벗어난 곳에 떨어지면서 파울이 된 이유.

타격 타이밍이 살짝 늦었기 때문이었다. 그리고 타격 타이밍이 늦은 이유는 안명한이 초구로 직구를 던질 거라는 이용운의 말을 완전히 믿지 못했기 때문이었다.

그러다 보니 배트를 내미는 타이밍이 조금 늦었던 것이었고.

예리한 이용운은 그 사실을 놓치지 않았다.

"좀 믿고 살자."

이용운이 답답하다는 듯 말한 순간, 박건이 물었다.

"이번엔 믿겠습니다. 2구는 어떤 공이 들어올까요?"

"커브가 들어올 거다."

이용운은 전혀 망설이지 않고 대답했다.

"왜 커브가 들어온다는 겁니까?"

박건이 물은 순간, 이용운이 서둘러 말했다.

"질문은 나중에."

"……?"

"일단 치고 보자."

따악.

묵직한 타격음이 울려 퍼진 순간, 제임스 윤이 벌떡 일어났다.

박건이 때린 타구는 라인드라이브성으로 좌중간으로 날아
갔다.

좌익수와 중견수가 열심히 쫓아갔지만, 박건의 타구는 펜스를
살짝 넘기고 난 후에야 떨어졌다.

0의 균형을 무너뜨리는 솔로홈런.

어리둥절한 표정으로 그라운드를 돌고 있는 박건을 바라보던
송이현이 제임스 윤에게 고개를 돌렸다.

"어때요?"

"흥미롭네요. 아니, 좋네요."

제임스 윤에게서 돌아온 대답을 확인한 송이현이 두 눈을 빛
냈다.

평가가 박하기로 소문난 제임스 윤이 흥미롭다는 이야기를 꺼
낸 것.

오늘이 두 번째였다.

그런데 제임스 윤은 거기서 멈추지 않았다.

처음으로 좋다는 평가를 꺼냈다.

"제가 박건 선수에게 흥미를 느끼면서도 가장 우려한 것은 변
화구 대처 능력이 떨어지지 않을까 하는 것이었습니다. 그런데
괜한 걱정에 불과했습니다. 정확한 타이밍에 커브를 받아쳐서

홈런을 만들어냈으니까요. 그리고 더 고무적인 것은 변화구를 상대하면서도 좋았던 타격폼이 전혀 흐트러지지 않았다는 점입니다."

송이현이 두 눈을 빛냈다.

박건이 홈런을 터뜨린 것보다 제임스 윤이 흥분한 것이 더 놀라웠기 때문이었다.

그때, 제임스 윤이 고개를 갸웃했다.

"이상하네요."

"뭐가 이상하다는 거죠?"

"이렇게 괜찮은 선수가 왜 2군에서 썩고 있는 걸까요?"

제임스 윤이 다시 자리에 앉았다. 그리고 태블릿피시를 꺼내서 뭔가를 검색하기 시작했다.

"뭐 해요?"

"박건이란 선수에 대해서 좀 더 알아보려고요."

잠시 후, 태블릿피시 화면에 박건이 출전한 예전 경기 장면이 흘러나왔다.

부우웅.

타석에서 삼진을 당하는 박건의 모습을 태블릿피시 화면을 통해서 지켜보던 제임스 윤의 입가에 미소가 떠올랐다.

그 미소를 확인한 송이현이 물었다.

"박건 선수가 삼진을 당했는데 왜 웃어요?"

"답을 찾아냈거든요."

"무슨 답이요?"

"박건처럼 괜찮은 선수가 2군에서 썩고 있었던 이유에 대한 답 말입니다."

태블릿피시 화면에서 시선을 뗀 제임스 윤의 두 눈이 반짝반짝 빛나고 있었다.

"확실히 재밌네요."

"뭐가 재밌다는 거죠?"

"단기간에 타격폼이 이렇게 완벽하게 바뀌었다는 것이 무척 흥미롭습니다. 두 가지 가능성이 있습니다. 하나는 박건 선수가 스스로 부족함을 느끼고 자신에게 맞는 타격폼으로 수정한 것이고, 나머지 하나의 가능성은 무척 능력 있는 타격코치가 지도를 해준 것이죠."

"한성 비글스 2군에 그 정도로 뛰어난 코치가 있다는 뜻인가요?"

"그럴 가능성은 희박합니다. 만약 그 정도로 능력 있는 코치가 있다면 다른 선수들이 저렇게 형편없지는 않을 테니까요."

"그럼?"

"숨은 코치가 있을 수도 있습니다."

"숨은 코치요?"

송하윤이 그 말을 되뇌고 있을 때, 제임스 윤이 덧붙였다.

"확실한 것은 박건 선수가 청우 로열스 영입 후보 1순위라는 점입니다."

*   *   *

4타수 2안타 1볼넷.

청우 로열스와의 퓨처스 리그 경기에서 네 차례 타석에 들어
선 박건이 남긴 기록이었다.

첫 타석은 안타.

두 번째 타석은 홈런.

세 번째 타석은 볼넷.

네 번째 타석은 외야플라이.

비록 네 번째 타석에서 때린 타구가 외야플라이에 그치긴 했
지만, 무척 잘 맞은 타구였다.

우익수의 호수비가 아니었다면, 최소 2루타가 될 수 있는 타구
였다.

"갔네."

경기가 끝난 후, 박건이 1루 측 관중석을 바라보았다.

송이현 단장과 제임스 윤의 모습이 보이지 않는다는 것을 확
인한 후, 박건이 아쉬운 기색을 드러냈다.

네 번째 타석에 들어섰을 때도 송이현 단장과 제임스 윤은 관
중석을 지키고 있었다. 그래서 마지막 타석에서 안타를 기록하
지 못한 것이 더욱 아쉽게 느껴질 때였다.

"충분하다."

이용운이 위로하듯 말했다.

"정말… 충분할까요?"

송이현 단장과 제임스 윤에게 강렬한 인상을 남기기에 충분했
을까?

스스로에게 던진 질문에 확신이 없었다.

그래서 불안한 표정을 짓던 박건이 고개를 흔들었다.

오늘 경기는 일종의 쇼케이스.

청우 로열스의 단장인 송이현과 스카우트 팀장인 제임스 윤 앞에서 박건의 능력을 선보이는 자리였다.

그리고 이미 쇼케이스는 끝난 상태였다.

쇼케이스에 대한 평가는 주관적일 수밖에 없는 법.

더 미련을 가진다고 해서 결과는 달라지지 않았다.

그래서 박건이 이내 생각의 방향을 전환했다.

"장타가 나왔어."

오늘 경기에서 의미가 있었던 것은 두 가지.

일단 멀티히트 행진을 이어나갔다는 점이었다.

딕 케이타 코치의 조언대로 타격폼을 수정한 후, 꾸준히 좋은 타격감을 이어나가고 있다는 것은 분명 의미가 있었다.

또 하나는 장타 부재라는 고민을 두 번째 타석에서 홈런을 터뜨리면서 말끔하게 해소했다는 점이었다.

'얼마 만이냐?'

공식전에서 홈런을 기록한 것.

대체 얼마 만인지 기억조차 하기 힘들 정도로 무척 오래간만이었다.

비록 퓨처스 리그 경기에서 나온 홈런이긴 했지만, 박건에게는 무척 큰 의미가 있는 홈런이었다.

배트를 쥔 양 손바닥에 전해지는 강렬한 울림이 기억 속에서 되살아난 순간, 박건의 입가로 미소가 번졌다.

'이용운 선배님 덕분이야.'

무척 오래간만에 홈런을 기록하는 데 이용운의 도움이 컸다는 것은 부인할 수 없었다.

그의 조언대로 타격폼을 유지하는 데 신경 쓰지 않고, 타석에서 투수를 상대하는 데 집중하자 장타가 터져 나왔다.

그리고 하나 더.

커브를 던질 거란 이용운의 구종 예측이 정확했기 때문에 완벽하게 타격 타이밍을 가져갈 수 있었던 것이다.

'어떻게 알았을까?'

박건이 뒤늦게 호기심을 느꼈다.

왜 안명한이 2구째에 커브를 던질 거라고 예측했는지 이용운은 아직 이유를 밝히지 않았던 것이다.

"커브를 던질 거란 걸 어떻게 알았습니까?"

"첫 타석에서 네게 직구를 던지다가 안타를 맞았고, 두 번째 타석에서도 초구로 직구를 던지다가 우측 선상을 살짝 벗어나는 파울 타구가 나왔지. 그래서 안명한은 너를 상대로 직구를 계속 사용하는 것은 너무 위험하다고 판단했을 거다. 그래서 변화구를 던져야겠다고 결심한 거지."

"변화구도 다양하지 않습니까?"

일리가 있다고 판단하면서 박건이 다시 물었다.

안명한은 포 피치 유형의 투수.

직구와 커브, 슬라이더, 포크볼까지.

네 가지 구종을 던질 수 있었다.

그런데 이용운은 커브와 슬라이더, 그리고 포크볼 가운데 안명한이 커브를 던질 것이라고 정확하게 예측했다.

"안명한의 직구 평균 구속은 140㎞대 후반이야. 그리고 구종도 다양한 편이지. 그런데 왜 아직까지 2군에 머물고 있는지 알아?"

"제구에 문제가 있기 때문이 아닙니까?"

"정답이야. 특히 변화구 제구에 어려움을 겪고 있지. 안명한 이 네 가지 구종을 던지는 포 피치 유형의 투수이긴 하지만, 실제 경기에서 포크볼을 거의 구사하지 않는다. 실투가 자주 나오기 때문이지. 게다가 오늘 경기에서는 슬라이더도 뜻대로 제구가 되지 않아서 스트라이크존을 크게 벗어났지. 그나마 제구가 뜻대로 된 변화구는 커브뿐. 명목상으로는 포 피치 유형의 투수이지만, 실질적으로는 투 피치 유형의 투수이지. 그럼 답이 뻔하지 않느냐? 직구는 던질 수 없으니 커브를 던지겠지."

그 설명을 들은 박건이 내심 감탄했다.

'어떤 구종의 공이 들어올까?'

타석에 들어설 때마다 수 싸움을 했었다.

그렇지만 이용운처럼 논리적으로 분석하고 접근한 적은 드물었다.

'오늘 직구의 제구가 잘되고 있으니까 또 직구를 던지겠지?'

'커브가 위력 있으니까 계속 커브를 던지지 않을까?'

'볼카운트가 투수에게 유리하니까 변화구를 던지겠지?'

박건이 해왔던 수 싸움은 대충 이런 식이었다.

말 그대로 주먹구구식.

그래서일까.

수 싸움이 빗나가는 경우가 많았다.

또, 수 싸움을 벌이는 과정에서 확신도 없었다.

그런데 이용운은 달랐다.

아주 짧은 시간 동안, 논리적으로 분석하면서 수 싸움에 임했다.

그러다 보니 적중률이 무척 높은 편이었다.

'이런 건 배워야 해!'

박건이 속으로 생각하고 있을 때, 이용운이 말했다.

"배울 필요 없다."

"왜 필요가 없다는 겁니까?"

"내가 너와 함께하니까."

이용운이 대답했다.

'이걸 좋아해야 해? 슬퍼해야 해?'

박건이 속으로 한숨을 내쉬었다.

'그런데… 생각해 보니 비슷하네.'

잠시 후, 안명한에 대해서 이용운이 내렸던 평가를 되새기던 박건이 움찔했다.

투수로 활동하던 시절, 박건도 안명한과 비슷한 처지였다.

140㎞대 후반의 빠른 공을 구사하는 우완 파이어볼러.

게다가 커브와 슬라이더, 체인지업을 구사할 수 있는 포 피치 유형의 투수.

이것이 박건에 대한 평가였다.

그래서 기대치가 높았지만, 박건은 투수로서 크게 두각을 드러내지 못했다.

부상 전에는 1군에서 선발과 불펜을 오갔고, 부상 후에는 1군과 2군을 오가기 바빴으니까.

그리고 박건이 투수로서 두각을 드러내지 못했던 이유도 안명한과 비슷했다.

포 피치 유형의 투수이지만, 변화구 제구가 되지 않는다.

실질적으로는 경기에서 직구와 체인지업, 두 구종만 사용하는 투 피치 유형의 투수에 가깝다.

상대 팀 전력분석원들이 박건에 대해 내렸던 평가대로였다.

그때였다.

"왜? 찔리나 보지?"

이용운이 불쑥 물었다.

'진짜 내 속마음을 읽을 수 있는 거 아냐?'

박건이 슬쩍 눈살을 찌푸렸을 때였다.

"그럼 다시 시도해 보든가."

"뭘 시도해 보란 겁니까?"

"투수로서 마운드에 서는 것 말이야."

*　　　*　　　*

"어때?"

이용운의 이야기를 들은 박건의 눈살이 더욱 찌푸려졌다.

투수에서 야수로 전향한 것.

결코 쉬운 결정이 아니었다.

수많은 불면의 밤을 보내며 고심을 거듭했었다.

'투수로서 프로 무대에서 살아남을 수 없다.'

팔꿈치 수술 이후 재활을 마쳤지만 박건의 직구 구속은 부상 전에 비해서 약 5km가량 저하되어 있었다. 그리고 강점이던 직구의 구속이 저하되자, 박건의 마운드에서의 자신감은 급격히 줄어들었다.

변화구 위주의 투수로 변모하기 위해서 마지막까지 노력했지만 결코 쉽지 않았다.

이것이 박건이 투수를 포기하고 야수로 전향했던 이유.

'모를 리가 없을 텐데!'

이용운은 박건에 대해 아는 것이 많았다.

당연히 이런 부분도 알고 있을 것이었다.

그럼에도 불구하고 이런 제안을 하는 게 못마땅하게 느껴졌을 때였다.

"다시 예전의 직구 구속을 되찾을 수 있다면, 아니, 부상 전보다 구속이 오히려 더 상승한다면 마운드에 서고 싶지 않을까?"

이용운이 넌지시 꺼낸 말을 들은 박건이 두 눈을 크게 떴다.

만약 부상 전보다 직구 구속이 더 빨라진다면?

아니, 부상 전의 직구 구속만 되찾을 수 있다면?

투수로서 마운드에 다시 선다고 하더라도 경쟁력이 있을 거란 생각이 들었다.

그로 인해 기대에 부풀었던 박건이 이내 고개를 흔들었다.

그게 가능할 리 없기 때문이었다.

"불가능한 가정을 왜 하시는 겁니까?"

"과연 불가능할까?"

"그럼 가능하다는 겁니까?"

박건이 살짝 언성을 높이며 던진 질문에 이용운은 바로 대답
하지 못했다.

'역시 불가능해.'

그래서 박건이 막 이렇게 판단한 순간이었다.

"두고 보면 알겠지."

이용운이 대답했다.

더 자세히 묻고 싶었지만, 이용운은 화제를 돌렸다.

"이제 다음 단계로 넘어갈 때다."

"다음 단계라니요?"

"송이현 단장과 제임스 윤에게 강렬한 인상을 남기는 데 성공
했으니까, 이제 다음 단계로 넘어가야지."

이용운이 당연하다는 듯이 대답했다.

"다음 단계는 대체 뭡니까?"

박건이 물은 순간, 이용운이 지체 없이 대답했다.

"네 실력을 증명했으니, 이제 1군에서 뛸 기회를 달라고 부탁
할 때다."

*　　　　*　　　　*

최종 스코어 1—0.

한성 비글스는 청우 로열스와의 퓨처스 리그 경기에서 말 그
대로 신승을 거두었다.

연패를 끊어낸 귀중한 1승.

그렇지만 천우종의 표정은 밝지 않았다.

오늘 경기의 승리.

한성 비글스의 경기력이 좋아서 거둔 승리가 아니기 때문이었다.

한성 비글스가 잘했다기보다는 청우 로열스가 못했기 때문에 승리를 거둘 수 있었다.

그나마 유일한 위안거리는 박건의 활약이었다.

해결사 역할을 기대하고 박건을 중심타선에 포진시켰는데, 박건은 솔로홈런을 터뜨리며 결승점을 올렸다.

천우종의 기대에 부응한 활약이었다.

"박건이… 홈런도 때려낼 수 있는 타자였나?"

흐뭇한 미소를 짓던 천우종이 혼잣말을 꺼냈다.

박건에게 따라붙는 이미지는 교타자였다.

컨택 위주의 타격을 하는 타자라는 이미지가 강했는데, 오늘 박건은 사뭇 달랐다.

홈런을 터뜨렸을 뿐만 아니라, 네 번째 타석에서 외야플라이가 된 타구 역시 청우 로열스 중견수의 호수비가 아니었다면 최소 2루타 이상이 될 장타였다.

근래 들어 갑자기 안타 개수가 늘어나고, 장타력까지 겸비하게 된 셈.

그 이유에 대해 고민하던 천우종이 잠시 후 입을 뗐다.

"다시 2군으로 돌아온 것 때문에 독기를 품은 건가?"

시기를 가늠해 보니, 박건의 맹활약은 1군 무대에 콜업 됐다가 2군으로 다시 돌아온 후부터 시작이었다.

그래서 천우종이 그렇게 판단했을 때였다.

똑똑.

노크 소리가 들렸다.

"누구야?"

"박건입니다."

천우종이 문을 열고 놀란 표정을 지었다.

"네가 이 시간에 어쩐 일이냐?"

"드리고 싶은 말씀이 있어서 찾아왔습니다."

"일단 안으로 들어와."

천우종이 비켜서자, 박건이 안으로 들어섰다.

"거기 앉아. 뭐 마실래?"

"괜찮습니다."

"무슨 이유 때문인지 모르겠지만 마침 잘 찾아왔다. 그렇지 않아도 네게 할 말이 있었거든."

박건의 맞은편 소파에 앉으며 천우종이 입을 뗐다.

"제게 하실 말씀이 무엇입니까?"

"타격폼이 변했더구나."

"어떻게 아셨습니까?"

"그것도 알아채지 못할 정도로 내가 무능하지는 않아."

천우종이 웃으며 대답한 후, 다시 질문했다.

"갑자기 타격폼을 수정한 이유가 뭐지?"

"이대로는 안 되겠다고 판단했기 때문입니다."

"무슨 뜻이지?"

"그저 그런 선수로 은퇴하고 싶지 않았다는 뜻입니다."

박건의 대답을 들은 천우종이 고개를 끄덕였다.

"그래서 타격폼을 수정해 봤다?"

"네."

"누구의 도움을 받았지? 최 코치? 아니면, 김 코치?"

1군과 2군 타격코치 가운데 누구에게 지도를 받았는지를 물었는데, 박건에게서 돌아온 대답은 예상을 빗나갔다.

"딕 케이타 코치님의 도움을 받았습니다."

"딕 케이타 코치?"

"혹시 알고 계십니까?"

"기사에서 보고 무척 흥미로워서 이름을 기억하고 있다. 그런데 네가 어떻게 딕 케이타 코치를 알고 있는 거지?"

"감독님과 마찬가지입니다."

"마찬가지라니?"

"저 역시 기사를 통해서 딕 케이타 코치의 존재를 알게 됐습니다. 그리고 딕 케이타 코치라면 제 인생을 바꿔줄 수 있을 거란 확신이 들었습니다. 그래서 무작정 그의 메일 주소를 알아내서 메일을 보내 타격폼 수정에 대한 도움을 청했습니다."

"그랬더니 도움을 줬다?"

"제 진심이 통한 것 같습니다."

천우종이 박건을 빤히 바라보았다.

소설책에서나 나올 법한 이야기.

그래서 순순히 믿기 어려웠기 때문이었다. 그렇지만 박건의 두 눈에서 거짓을 말하는 기색은 조금도 찾을 수 없었다.

'진짜인가?'

천우종이 놀란 표정을 짓고 있을 때, 박건이 말했다.

"감독님께 부탁이 있습니다."

"어떤 부탁이지?"

박건이 대답했다.

"1군에서 뛰고 싶습니다."

*　　　*　　　*

"그 부탁이 과연 먹히겠습니까?"

박건은 회의적인 시선을 던졌다.

"안 먹힐 가능성이 높지."

회의적인 생각을 갖고 있는 것은 이용운도 마찬가지였다.

"그런데 왜……?"

"이런 부탁을 할 필요가 있냐고?"

"네."

"일단 던져보는 거지."

이용운의 대답을 들은 박건이 황당한 표정을 지었다.

"괜히 긁어 부스럼 만드는 게 아닐까요?"

박건이 조심스럽게 물은 순간, 이용운이 대답했다.

"약 바르면 돼."

*　　　*　　　*

"너무 이르다고 생각한다."

박건의 예상대로였다.

천우종은 시기상조라는 대답을 꺼냈다.

"최근 퓨처스 리그 경기에 출전한 네 활약이 좋다는 것은 나 역시 주지하고 있다. 그렇지만 내가 이르다고 판단한 이유는 아직 꾸준함을 증명하지 못했기 때문이다."

천우종이 덧붙인 말을 들었지만, 박건은 실망하지 않았다.

이런 대답이 돌아올 것을 어느 정도 짐작하고 있던 상황이었기 때문이다.

"후배가 그 말을 꺼내면, 천 감독은 아마 1군에 올라가기에는 너무 이르다고 말할 거야. 혹시나 하는 노파심에 하는 이야기인데, 그 이야기를 듣고 난 후에 알겠습니다. 앞으로 더 꾸준한 모습을 보이겠습니다. 이렇게 대답하고 돌아오면 절대 안 된다. 더 강하게 후배의 의지를 어필해야 해."

'신기할 정도로 정확하네.'

이용운의 예측은 이번에도 정확히 들어맞았다.

천우종은 박건이 다시 1군에 진입하는 것이 시기상조라고 말했다. 그리고 만약 이용운이 했던 조언이 아니었다면, 박건은 알겠다는 말과 함께 앞으로 1군에 진입할 수 있도록 더 열심히 하겠다는 말을 하고 돌아섰을 것이었다.

그러나 그의 조언을 미리 듣고 찾아온 마당이기에, 순순히 돌아설 수 없었다.

"감독님."

"왜? 아직도 할 말이 더 남았나?"

"억울합니다."

"억울하다니?"

"최선을 다해 훈련하고 준비해서 얼마 전 간신히 1군 무대에 콜업이 될 수 있었습니다. 그렇지만 제가 해왔던 준비와 제가 가진 실력을 증명할 제대로 된 기회조차 받지 못하고 다시 2군으로 돌아올 수밖에 없었습니다."

박건이 서둘러 말을 마치자, 천우종이 천천히 고개를 끄덕였다.

어렵게 1군에 콜업 됐던 박건은 딱 한 경기만 출전했다.

그 한 경기조차 선발 출전이 아니었다.

12회 말 대수비로 출전했기에 타석에 서볼 기회조차 부여받지 못했다.

그 사실을 천우종도 알고 있기에 고개를 끄덕이는 것이었다.

"그래서 억울하다는 건가?"

"제가 억울하다고 말씀드린 이유가 하나 더 있습니다."

"또 뭐지?"

"현재 한성 비글스 1군에서 뛰고 있는 선수들과 비교해서 제가 실력이 부족하다고 생각하지 않습니다. 그럼에도 불구하고 1군 무대에서 그들과 경쟁할 기회조차 얻지 못한다는 것이 억울합니다."

박건이 말을 마친 순간, 천우종이 슬쩍 눈살을 찌푸렸다.

천우종 역시 감독.

선수 기용은 어디까지나 감독의 고유 권한이었다.

현재 한성 비글스 1군 감독을 맡고 있는 양두호의 선수 기용에 대해 박건이 비판하는 것이 신경에 거슬렸으리라.

'위험수위.'

박건이 긴장하며 마른침을 꿀꺽 삼켰을 때였다.

"내 대답은 같다."

"……?"

"네가 1군 무대에서도 충분히 통할 실력을 갖췄다는 것을 여기서 증명하고 나면, 분명히 기회가 주어질 것이다."

예전의 박건이었다면?

여기서 멈추었으리라.

그렇지만 이용운의 신신당부가 있었기에 박건은 멈추지 않았다.

"그렇지 않습니다."

"무슨 뜻이지?"

"설령 제가 퓨처스 리그 경기에서 앞으로 더 많은 안타와 홈런을 기록하면서 1군에서 통할 실력이 있다는 것을 증명한다고 하더라도, 제게는 1군 무대에서 뛸 기회가 주어지지 않을 겁니다."

"왜 그렇게 생각하는 거지?"

"양두호 감독님에게 미운털이 박혔으니까요."

"좀 더 자세히 말해봐."

"얼마 전 1군 경기에 대수비로 출전했던 저는 경기의 패배로 직결되는 결정적인 수비 실책을 범했습니다. 그 실수에 대해서는 변명의 여지가 없습니다. 다만 제가 억울한 것은 그 수비 실책으로 인해 더 이상 1군 무대에서 뛸 기회조차 사라졌다는 점입니다. 양두호 감독님은 두 번 다시 저를 1군에 올리지 말라는 지시를 내리셨으니까요."

박건이 열변을 토해낸 순간, 천우종이 고개를 흔들었다.

"오해가 있었을 것이다."

"오해를 한 것이 아닙니다."

"하지만……."

"제가 드린 말씀을 정 못 믿으시겠으면 양두호 감독님이나 1군 코치 분들에게 여쭤보셔도 좋습니다. 모두 그 이야기를 똑똑히 들었으니까요."

천우종의 표정이 심각하게 변했다.

잠시 후, 천우종이 한숨을 내쉬며 물었다.

"내게 바라는 게 무엇이지?"

박건이 대답했다.

"제가 한 노력이 헛되지 않다는 것을, 또 제가 가진 실력이 1군 무대에서 통한다는 것을 증명하고 싶습니다."

"……?"

"1군 무대에서 뛸 수 있는 기회를 열어주십시오."

제9장

　평소에는 베개에 머리만 갖다 대면 곯아떨어지던 박건이었는
데, 오늘은 달랐다.

　침대에 누운 지 한참 시간이 지났음에도 계속 뒤척이면서 좀
처럼 잠을 이루지 못하고 있었다.

　"잠이 안 오냐?"

　"……."

　"그럼 술이라도 한잔하든가."

　이용운이 제안하자, 박건이 기다렸다는 듯이 벌떡 몸을 일으
켰다.

　"그게 좋겠습니다."

　박건이 냉장고를 열어 캔 맥주와 마른안주를 꺼냈다.

　딸칵.

캔 뚜껑을 따고 혼자서 시원한 맥주를 마시려는 박건을 확인한 이용운이 못마땅한 기색을 드러냈다.

"후배는 왜 이리 예의가 없냐?"

"제가 뭘요?"

"예의상 한번 권하기는 해야 하는 것 아니냐?"

"누구한테 권한단 말입니까?"

"누구긴 누구야? 술자리에 같이 있는 사람이지."

"사람이 아니지 않습니까?"

"나도 술 마실 줄 안다."

"하지만……"

"귀신이라고 해서 술을 못 마실 거라는 편견을 버려."

"……?"

"제사상에 괜히 술을 올리겠냐?"

"듣고 보니… 그렇긴 하네요."

"잘못했지?"

"제가 생각이 짧았습니다."

박건이 냉장고에서 캔 맥주 하나를 더 꺼내서 돌아왔다.

캔 뚜껑을 따서 바닥에 내려놓고 나서야, 이용운이 흡족한 표정을 지었다.

"향이 좋구나."

이용운이 맥주 특유의 향을 음미하고 있을 때였다.

"과연 잘한 일인지 모르겠습니다."

박건이 초조한 표정을 지으며 말했다.

그리고 박건이 초조해하며 쉽게 잠들지 못하는 이유가 천우종 감독과의 독대 자리에서 나누었던 대화 때문이라는 사실을 알고 있는 이용운이 입을 뗐다.

"잘한 일이다."

"그렇지만……."

"한성 비글스 1군 감독인 양두호에 이어서 2군 감독인 천우종에게까지 미운털이 박힌 게 아닐까? 이게 걱정되는 거지?"

"그렇습니다."

박건이 순순히 인정한 순간, 이용운이 대답했다.

"충분히 그럴 가능성이 있지."

그 이야기를 들은 박건이 황당한 표정을 지었다.

"그걸 알면서 왜 그렇게 말하라고 시키신 겁니까?"

"미운털이 박힐 위험을 감수하더라도 그 이야기를 천감독에게 하는 게 꼭 필요하다고 생각했으니까. 그리고 말에는 힘이 있으니까."

말에는 힘이 있다.

해설위원으로 일하고 난 후, 이용운은 그 사실을 확실히 깨달았다.

일단 입 밖으로 말을 내뱉고 나면, 그 말을 실천하려는 의지가 생긴다.

그 의지는 자연스레 상대방에게 영향을 미친다.

'저 사람이 저런 의지를 갖고 있는데, 나는 어떻게 해야 하지?'

상대가 이런 생각을 품기 때문이다.

그리고 이것이 박건에게 천우종 감독을 찾아가서 1군에서 뛰고 싶다는 의지를 강하게 피력하라고 지시했던 이유였다.

설령 박건이 우려한 대로 긁어 부스럼이 되는 한이 있더라도 그 과정이 꼭 필요하다고 판단했다.

'난 그렇게 못 했어.'

이용운이 씁쓸히 웃었다.

1군보다 2군에 머물던 시간이 더 길었던 선수 시절.

2군이 아니라 1군 무대에서 뛰고 싶은 것은 모든 선수들의 바람이었다.

그것은 이용운도 마찬가지였다.

그래서 코칭스태프들도 이런 이용운의 바람을 당연히 알고 있을 거라 예상했다.

'묵묵히 열심히 하자. 내가 열심히 해서 실력을 보여주면 1군에 진입할 기회가 주어질 것이다.'

당시에 이용운은 이렇게 판단했다.

그렇지만 당시에 이용운이 했던 생각은 해설위원은 해설만 잘하면 된다는 생각 못지않게 순진한 생각이었다.

코칭스태프들은 이용운의 존재를 서서히 잊어갔다.

그리고 이용운은 뒤늦게 깨달았다, 자신의 존재를 어필하는 것이 무척 중요하다는 사실을.

*　　　*　　　*

"잘 모르겠습니다."

박건이 맥주를 마시고 내려놓으며 말했다.

"양두호 감독과 천우종 감독은 다르다."

덕분에 상념에서 깨어난 이용운이 힘주어 말했다.

"어떤 부분이 다르다는 겁니까?"

"1군 감독과 2군 감독이란 점이 다르지."

"그거야 너무 당연한 말씀이지……?"

"양두호 감독은 성적에 대한 부담감을 심하게 받는다. 그렇지만 천우종 감독은 성적에 대한 부담감이 적다. 각자 맡은 임무가 다르기 때문이지."

1군 감독은 팀의 성적이라는 결과로 자신의 능력을 증명해야하는 자리였다.

반면 2군 감독은 성적에 대한 부담이 덜한 편이었다. 그리고 2군 감독이 자신의 능력을 증명하는 방법은 성적이 아니었다.

1군 무대에서 통할 수 있는 유망주를 얼마나 발굴하느냐에따라서 자신의 능력을 증명할 수 있었다.

"천우종 감독은 기본적으로 후배에게 애정을 갖고 있다."

"왜입니까?"

"현재 한성 비글스 2군 팀에 속한 선수들 가운데 1군 무대에서 통할 가능성이 가장 높은 것이 후배이기 때문이지. 그래서후배가 했던 말의 사실관계를 확인할 것이다. 그리고 후배를 돕기 위한 방법을 찾을 것이다."

갈증이 나서일까.

캔 맥주를 시원하게 마시는 박건을 바라보던 이용운이 다시입을 뗐다.

"그리고 한 가지 이유가 더 있었다."

"또 어떤 이유가 있었습니까?"

"시간이 없다."

"······?"

"올 시즌에 FA 자격 일수를 채우려면, 최대한 빨리 1군 무대에 진입해야 한다."

*   *   *

한성 비글스 VS 상무.

양 팀의 퓨처스 리그 경기를 앞두고 박건은 선발 라인업에 포함됐다.

좌익수 겸 3번 타자.

지난 청우 로열스와의 경기와 포지션과 타순은 같았다.

후우.

상무와의 경기를 앞두고 선발 라인업에 포함됐다는 것을 확인한 박건이 안도의 한숨을 내쉬었다.

천우종 감독에게 미운털이 박혀서 경기에 출전하지 못하는 최악의 상황은 면했기 때문이었다.

"왔다."

그때, 이용운이 말했다.

"뭐가 왔다는 겁니까?"

"1루 측 관중석을 봐라."

그라운드에서 몸을 풀던 박건이 관중석 쪽으로 고개를 돌렸다.

잠시 후, 박건이 두 눈을 빛냈다.

청우 로열스의 단장인 송이현과 스카우트 팀장인 제임스 윤이 관중석에 앉아 있는 모습을 확인했기 때문이었다.

"저 두 사람이 여긴 왜 찾아온 겁니까?"

지난 경기와는 달랐다.

오늘 경기는 한성 비글스와 상무가 펼치는 경기.

즉, 청우 로열스의 경기가 아니었다.

그런데 청우 로열스의 단장과 스카우트 팀장인 송이현과 제임스 윤이 경기장에 찾아와 있는 것이 의아하게 느껴진 것이었다.

"후배를 보기 위해 찾아왔다."

잠시 후, 이용운이 대답했다.

그 대답을 들은 박건이 놀라자 이용운이 웃으며 덧붙였다.

"송이현 단장과 제임스 윤이 오늘 경기를 보러 찾아온 것이 후배가 그날 경기에서 강렬한 인상을 남기는 데 성공했다는 증거지."

'날 보기 위해서 찾아왔다?'

박건이 혀를 내밀어 입술을 적셨다.

송이현 단장과 제임스 윤이 경기장에 찾아와 있는 것이 이용운의 말이 사실이라는 증거였다.

'정말 선배님의 말처럼 진행되는구나.'

박건이 속으로 혀를 내둘렀다.

이용운이 던지는 충고 혹은 조언을 받을 때마다, 박건은 의아함을 품었다.

'과연 그의 말대로 진행이 될까?'

이런 의심이 깃들었기 때문이었다.

그런데 서서히 의심이 사라지고 있었다.

이용운에 대한 신뢰가 점점 쌓이는 느낌이랄까.

그래서 박건이 각오를 밝혔다.

"오늘도 잘해야겠네요."

그렇지만 이용운의 생각은 달랐다.

"그냥 잘하는 걸로는 부족하다."

"……?"

"구체적으로 접근해야 한다."

"무슨 말씀이십니까?"

"후배가 안타를 치고 홈런을 치는 모습은 이미 지난 경기에서 송이현 단장과 제임스 윤에게 보여줬다. 덕분에 강렬한 인상을 심어줄 수 있었고. 그러니 오늘은 다른 것을 증명해야 한다."

'다른 것을 증명해야 한다?'

박건이 그 말을 속으로 되뇌고 있을 때, 이용운이 다시 입을 뗐다.

"오늘 경기에서 후배가 증명해야 할 것은 두 가지다. 첫 번째로 증명해야 할 것은 수준급 투수를 상대로도 후배의 타격 능력이 통한다는 것이고, 또 하나 증명해야 할 것은 베이스러닝 능력이다."

두 가지 새로운 과제를 받아 든 박건이 수긍했다.

오늘 경기 상무 팀이 내세운 선발투수는 이혜준.

교연 피콕스에서 선발투수로 활약하다가 군 문제를 해결하기 위해서 상무로 입대한 선수였다.

입대 전 이혜준은 교연 피콕스의 4선발 혹은 5선발 역할을 꾸준히 맡았었다.

상무에 입대한 터라 퓨처스 리그 경기에 출전하고 있었지만, 이혜준의 실력은 퓨처스 리그에 어울리는 선수가 아니었다.

1군 무대에서 이미 검증을 마친 투수.

지난 경기에서 박건이 상대했던 안명한과는 분명히 수준 차가 존재했다.

안명한을 상대로 멀티히트에 홈런까지 기록했던 박건이 한층 수준 높은 투수인 이혜준을 상대로도 멀티히트를 기록한다면?

1군 무대에서도 충분히 통하는 타격 능력을 갖추고 있다는 것이 증명될 터였다.

그리고 하나 더.

박건은 지난 경기에서 베이스러닝 과정에서 큰 실수를 범했었다.

안명한을 상대로 첫 타석에서 안타를 기록하고 난 후, 홈승부 결과를 지켜보는 데 정신이 팔린 탓에 스타트를 끊는 것이 늦어져서 2루에서 횡사했던 것이었다.

명백한 본헤드성 플레이.

박건이 펼쳤던 한심한 주루플레이를 송이현 단장과 제임스 윤은 관중석에서 고스란히 지켜보았었다. 그래서 이용운은 오늘 경기에서 베이스러닝 능력이 있다는 것을 증명해야 한다고 조언한 것이었다.

"베이스러닝 능력을 보여주기 위해서는 일단 출루부터 해야겠네요."

"기왕이면 안타를 때려내고 출루하는 편이 좋지."

이용운의 대답이 끝나자마자, 박건이 부탁했다.

"오늘도 잘 부탁드리겠습니다."

＊　　　＊　　　＊

1회 초 한성 비글스 공격.

한성 비글스의 1번 타자는 우상욱이었다.

슈악.

1볼 2스트라이크 상황에서 이혜준이 4구째 공을 던졌다.

부우웅.

스트라이크존을 통과할 듯하다가 홈플레이트 앞에서 갑자기 뚝 떨어지는 포크볼에 우상욱은 속수무책으로 당했다.

"스트라이크아웃!"

대기타석으로 걸어가던 박건이 마운드에 서 있는 이혜준을 힐 끗 살폈다.

'포크볼의 각도가 예리해.'

퓨처스 리그에서 쉽게 보기 힘든 좋은 공이었다.

물론 박건은 마경 스왈로우스의 토종 에이스였던 양희종을 상대해 본 적이 있었다. 그러나 당시 양희종은 전력투구를 하지 않았었다.

1군 복귀 전 마지막 점검 차원의 투구.

목적이 뚜렷했기에 양희종은 직구 위주의 투구를 펼쳤다. 그 러나 오늘 상무 팀의 선발투수로 출전한 이혜준의 경우는 달 랐다.

대승 원더스 팀과 상무 팀이 퓨처스 리그 선두 자리를 두고 각축을 벌이고 있는 상황.

상무 팀의 에이스인 이혜준은 오늘 경기에서 전력투구를 펼칠 것이었다.

"공략이 쉽지 않겠어."

해서 박건이 혼잣말을 꺼냈을 때였다.

"설마 겁먹은 건 아니지?"

이용운이 물었다.

"상대가 상대인 만큼, 조금 긴장이 되는 것은 사실이네요."

박건이 대답하자, 이용운이 혀를 끌끌 찼다.

"장차 메이저리그 최고의 투수들과 맞상대를 해야 하는데, 고작 이혜준을 상대로 겁을 집어먹으면 곤란하지."

"겁을 먹은 건 아닙니다."

박건이 발끈해서 다시 대답한 순간이었다.

딱.

둔탁한 타격음이 들렸다.

한성 비글스의 2번 타자로 출전한 이민수는 이혜준의 초구를 공략했다. 그렇지만 결과는 좋지 않았다.

높이 솟구친 타구는 내야를 벗어나지 못했다.

"아웃!"

2루수가 여유 있게 타구를 처리하면서 금세 2사 주자 없는 상황으로 바뀌었다.

박건이 타석으로 들어섰을 때, 이용운이 해설을 시작했다.

"상무 팀의 선발투수로 출전한 이혜준 선수, 오늘 컨디션이 좋네요. 한성 비글스의 리드오프인 우상욱 선수에게는 각이 예리하게 꺾이는 포크볼을 던져서 헛스윙 삼진을 이끌어냈고, 이민수 선수에게는 낙차 큰 커브를 던져서 내야를 벗어나지 못하는 플라이 타구를 유도해 냈어요. 커브의 낙폭이 커서 이민수 선수가 제대로 배트 중심에 맞추는 데 실패했어요. 포크볼과 커브의 무브먼트가 아주 좋은 만큼, 오늘 한성 비글스 타자들이 이혜준 선수 공략에 큰 어려움을 겪을 것 같습니다."

가만히 이용운의 해설에 귀를 기울이던 박건이 입을 뗐다.

"그래서요?"

"그래서라니?"

박건이 다시 물었다.

"초구로 던질 구종이 대체 뭡니까?"

*   *   *

"초구로 던질 구종은 직……."

이용운이 말을 마치기도 전에 이혜준이 와인드업을 마치고 초구를 뿌렸다.

슈아악. 팡.

바깥쪽 낮은 스트라이크존을 통과한 직구.

"스트라이크."

"에잇!"

주심이 스트라이크를 선언한 순간, 박건이 와락 표정을 구겼다. 그리고 신경질적인 반응을 드러내는 것을 확인한 주심이 마스크를 벗었다.

"왜 그래? 뭐가 문제야?"

"그게······."

"내 판정에 불만 있어?"

주심은 박건이 스트라이크 판정에 불만을 품은 것이라고 판단했다.

그렇지만 오해일 뿐이었다.

박건은 주심의 초구 스트라이크 판정에 불만을 품지 않았다.

바깥쪽 낮은 직구가 스트라이크존을 살짝 걸쳤다고 판단하며 주심의 스트라이크 판정에 수긍했다.

그럼에도 불구하고 박건이 신경질적인 반응을 드러낸 이유는 주심 때문이 아니라 이용운 때문이었다.

그러나 그렇게 대답할 수는 없는 노릇.

박건이 잠시 머뭇거리다가 입을 뗐다.

"너무 멀었던 것 아닙니까? 이렇게 먼 코스의 공까지 스트라이크 선언을 하시면 좀 곤란하죠."

"스트라이크존을 걸쳤어. 그리고 스트라이크 볼 판정은 내 권한이야. 한 번만 더 불평하면 퇴장시킬 거야."

주심이 엄포를 늘어놓은 순간, 박건이 재빨리 입을 다물었다.

어차피 처음부터 주심의 스트라이크 판정에 항의하려는 의도가 아니었으니까.

"나한테 화낸 거였냐?"

이용운이 물었다.

"잘 아시네요."

"왜?"

"항상 드리는 말씀이지만, 말이 너무 많으세요. 그래서 정작 중요한 핵심을 자꾸 놓치고 있잖아요."

쓸데없는 해설이 너무 많다.

그래서 이혜준이 초구로 던질 공을 예측해서 알려주는 것이 너무 늦었고, 그로 인해 초구 공략에 실패하지 않았느냐.

박건이 던진 말속에 담긴 불평이었다.

그렇지만 이용운은 미안한 기색 없이 당당하게 대꾸했다.

"어차피 공략 못 했어."

"그게 무슨 뜻입니까?"

"구속은 140㎞대 초반이었지만, 제구가 완벽했어. 설령 미리 알았다고 해도 공략하기 힘들었을 거란 뜻이다."

'틀린 말은 아니네!'

설령 이혜준이 바깥쪽 직구를 던질 것을 미리 알았다고 하더라도, 안타를 만들어내기 어려웠을 정도로 낮게 제구가 잘된 공이었다.

"쩝."

그래서 박건이 반박하지 못하고 입맛을 다셨을 때였다.

"잘했다."

이용운이 칭찬했다.

"갑자기 왜 칭찬하시는 겁니까?"

"칭찬할 만하니 칭찬했지."

"제가 뭘 잘한 겁니까?"

박건이 고개를 갸웃했다.

아무리 생각해 봐도 이용운에게서 칭찬을 들을 정도로 잘한 일이 떠오르지 않았기 때문이었다.

그때 이용운이 대답했다.

"아까 주심에게 어필한 것 말이다."

그 대답을 들은 박건이 멋쩍은 표정을 지었다.

아까 주심에게 어필했던 것은 본의로 한 행동이 아니라, 돌발 상황을 무마하기 위해서 한 행동이었기 때문이다.

"물론 그럴 의도는 아니었겠지만."

'다 알고 있었네.'

이용운이 덧붙인 말을 들은 박건의 얼굴이 벌겋게 달아올랐을 때였다.

"직구다."

이용운은 이혜준이 2구째로 직구를 던질 거라고 예측했다.

그뿐이 아니었다.

"바깥쪽 낮은 코스의 직구가 들어올 거다."

구종에 이어 코스와 높낮이까지도 예측했다.

'이 예측이 과연 맞을까?'

투수의 볼배합과 관련된 이용운의 예측들은 대부분 정확했다.

그래서 이용운에게 신뢰가 쌓이고 있는 입장이었지만, 이번만 큼은 그의 예측을 의심하지 않을 수 없었다.

구종을 예측한 데서 끝나지 않고, 코스와 높낮이까지 미리 예측했기 때문이었다.

"그렇게 예측한 이유가 무엇입니까?"

해서 박건이 질문한 순간이었다.

"후배는 말이 너무 많다."

"······?"

"나 못지않게 말이 너무 많다는 뜻이다."

이용운이 핀잔을 건넸다.

아까 이용운에게 했던 말을 고스란히 돌려받았다는 사실을 알아챈 박건의 표정이 일그러졌을 때였다.

"이혜준이 와인드업을 하고 있는 게 안 보여?"

그 말을 듣고 박건이 퍼뜩 정신을 차렸다.

이용운의 말은 사실이었다.

이혜준이 2구를 던지기 위해서 와인드업을 시작하는 것을 확인한 박건의 마음이 조급해졌을 때, 이용운이 덧붙였다.

"결정해라. 믿을래? 말래?"

*   *   *

'이용윤의 예측이 틀리다고 해도 삼진을 당하는 것은 아니다.'

볼카운트는 노 볼 1스트라이크.

설령 이용운의 볼배합 예측이 빗나간다고 하더라도 아직 볼카운트에는 여유가 있었다.

'속는 셈 치고 믿어보자.'

그래서 박건이 판단을 내린 순간이었다.

슈아악.

이혜준의 손에서 공이 떠났다.

'직구다!'

이용운의 예측은 이번에도 적중했다.

이혜준이 선택한 구종은 직구였다.

게다가 바깥쪽 낮은 코스로 들어올 거라는 예측까지도 적중한 것을 알아챈 박건이 두 눈을 빛내며 배트를 가볍게 휘둘렀다.

따악.

경쾌한 타격음과 함께 날아간 타구는 우익수의 앞에 떨어졌다.

우전 안타를 때려내고 1루 베이스에 도착한 박건이 이혜준을 살폈다.

완벽하게 제구가 된 공이 안타로 연결됐기 때문일까.

이혜준이 고개를 갸웃하는 모습이 보였다.

1군에서도 선발투수 자리를 오랫동안 꿰찼던 이혜준을 상대로 보란 듯이 안타를 뽑아낸 것이 박건의 기분을 들뜨게 만들었다.

그런 박건이 1루 측 관중석으로 고개를 돌렸다.

송이현 단장과 제임스 윤이 놀란 표정을 짓고 있는 것을 확인한 박건의 기분이 더욱 들떴다.

"이 정도면 강렬한 인상을 남기기에 충분하지 않겠습니까?"

박건이 상기된 목소리로 말을 마친 순간이었다.

"들뜨지 마라. 이제 시작이니까."

'이제 시작?'

박건이 의아한 표정을 지었을 때, 이용운이 말했다.

"이제 이혜준을 흔들어야 할 때다."

*　　　　*　　　　*

"1군에서 기록했던 통산 도루 개수가 열다섯 개, 맞아?"

'정확하게 알고 있네.'

박건이 속으로 혀를 내둘렀다.

타자로 전향한 후, 1군 무대에서 크게 두각을 드러내지 못한 탓에 박건의 타격 세부 지표들에 대해서 정확히 알고 있는 사람은 드물었다.

더구나 박건은 도루에 능했던 편이 아니었다.

그래서 박건이 기록했던 통산 도루 개수를 정확히 파악하고 있는 사람은 자신을 제외하고는 거의 없었다.

그런데 이용운은 정확하게 알고 있었다.

"맞습니다."

"도루성공률은 56%? 이것도 맞아?"

"네."

"두 번 뛰면 한 번은 죽었다는 소리로군."

박건의 얼굴이 벌겋게 달아올랐다.

56% 도루성공률.

무척 낮은 수치였다. 그리고 도루 실패가 점점 잦아지다 보니, 자연스레 도루 시도가 줄어들었다.

"발은 느린 편이 아닌데 도루성공률이 이렇게 형편없는 것은 공부를 안 했다는 것 외에 설명할 길이 없지."

박건이 의아한 표정을 지었다.

이용운이 스타트를 끊는 타이밍이 늦었다거나, 슬라이딩이 미숙하다거나 등의 이유를 지적할 거라고 예상했는데.

그 예상은 보기 좋게 빗나갔다

'공부를… 안 했다고?'

그 말뜻을 파악하기 위해 박건이 애쓰고 있을 때, 이용운이
덧붙였다.

"도루는 발로 하는 게 아니다."

"……?"

"머리로 하는 거다."

*　　　*　　　*

발이 빠르면 도루를 잘한다.

일반적으로 통용되는 가설이었다.

그렇지만 선입견에 불과했다.

만약 이 가설이 사실이라면?

단거리 육상선수를 영입해서 대주자로 기용하면 도루성공률
이 비약적으로 상승할 것이었다.

그렇지만 단거리 육상선수 출신 선수를 대주자로 기용하기 위
해서 영입하는 구단은 없다.

이것이 이 가설이 틀렸다는 증거였다.

발이 빠르면 도루를 잘하기에 유리한 조건이라는 것은 부인할
수 없는 사실이었지만, 도루를 잘하는 데는 발이 빠른 것보다
더 중요한 요소가 있었다.

바로 투수와 포수에 대한 분석이었다.

즉, 상대 팀 배터리에 대해서 공부하는 것이 중요했다.

투수마다 투구폼은 다 달랐다.

그런 투수들의 투구폼을 완벽하게 파악한다면?

도루를 시도할 때, 확신을 갖고 스타트를 끊을 수 있었다.

투수의 타이밍을 빼앗으면서 스타트를 끊는 것이 빨라질 수 있다는 뜻이었다.

또, 배터리의 볼배합을 간파하는 것도 중요했다.

직구 타이밍에 도루를 시도한다면?

당연히 도루성공률이 떨어질 수밖에 없었다.

구속도 낮고, 포수가 2루로 송구하기에도 불편함이 있는 변화구 타이밍에 도루를 시도하는 편이 도루성공률을 높이는 방법이었다.

"김병호는 직구에 강점을 갖고 있다. 또, 초구 공략을 무척 좋아하는 편이지. 상무 팀의 배터리도 그 사실을 이미 알고 있을 테니, 이혜준은 초구에 포크볼을 던질 가능성이 높다. 그리고 이혜준은 키킹 동작이 비교적 큰 편이다. 그가 발을 들어 올리는 순간, 바로 스타트를 끊어라."

"초구부터 도루를 시도하란 겁니까?"

"그럼 언제 할래?"

"……?"

"경기 끝나고 나서 할래?"

"그런 뜻이 아니라……."

"이렇게 좋은 타이밍은 다시 찾아오지 않는다. 무조건 뛰어라."

이용운이 재차 강조했지만, 박건은 바로 대답하지 않았다.

"왜 대답이 없는 거냐?"

계속 머뭇거리는 박건을 확인한 이용운이 물었다.

"벤치의 지시 없이 도루를 시도해도 될까요?"

박건의 대답을 듣고서야 이용운은 그가 머뭇거린 이유를 간파했다.

"중요한 건 결과다."

"네?"

"결과가 좋으면 된다는 거지."

"하지만……."

여전히 머뭇거리고 있는 박건을 확인한 이용운이 답답한 표정으로 덧붙였다.

"어차피 팀 옮길 것 아냐?"

*   *   *

스윽.

박건이 1루 베이스와의 거리를 벌리기 시작했다.

반 보의 리드.

무척 중요했다.

반 보를 더 벌리느냐?

더 벌리지 못하느냐?

반 보의 리드 폭 차이로 인해 도루 시도가 성공하느냐, 실패하느냐가 갈리기 때문이었다.

그것을 알고 있기 때문일까.

고개를 돌려서 박건의 리드 폭을 살피는 이혜준의 눈빛이 매서웠다.

'견제?'

이혜준의 눈빛에 위축되고, 견제를 의식한 박건이 리드 폭을 줄이며 1루 베이스 쪽으로 무게중심을 옮겼을 때였다.

"지금!"

이용운이 재촉했다.

'지금? 너무 무모하지 않을까?'

박건의 머릿속을 퍼뜩 스치고 지나간 생각이었다.

그렇지만 박건이 고개를 흔들어 상념을 털어냈다.

'믿자!'

이미 이용운에 대한 신뢰가 쌓인 상황이었다. 그래서 다시 무게중심을 2루 베이스 쪽으로 이동시켰음에도 불구하고, 박건은 좀처럼 리드 폭을 늘리지 못했다.

당연하다는 듯이 실패의 기억들이 떠올랐기 때문이었다.

견제사와 도루 실패의 쓰라린 기억들이 땅에서 솟구친 망령의 손처럼 박건의 발목을 붙잡고 있을 때였다.

"지금이 아니면 다시 기회는 없다."

이용운이 또 한 번 재촉했다.

"계속 2군에 머물 거냐?"

이용운이 날카롭게 소리친 마지막 말이 들린 순간, 박건의 두 다리에 거짓말처럼 힘이 들어갔다.

타다다닷.

실패의 기억을 간신히 떨쳐 버리는 데 성공한 박건이 스타트를 끊었다.

초구부터 과감하게 도루를 시도할 것을 예상하지 못했기 때문일까.

와인드업 동작에 돌입했던 이혜준의 표정에는 당혹스러움이 떠올라 있었다.

슈악.

이혜준의 손에서 떠난 공이 원바운드를 일으키며 포수의 미트로 빨려 들어갔다.

그렇지만 박건은 그것을 보지 못했다.

헤드퍼스트슬라이딩을 시도한 후, 오른손이 2루 베이스에 닿고 난 후에야 박건이 안도의 한숨을 내쉬었다.

'태그가 없었어.'

이것이 도루가 성공했다는 증거.

거기까지 생각이 미친 후에야 박건이 홈플레이트 쪽으로 고개를 돌렸다.

늦었다고 판단한 걸까.

도루 저지를 위해서 2루로 송구하는 것을 포기한 포수가 못마땅한 표정을 짓고 있는 모습이 박건의 눈에 들어왔다.

'여유가 있었어.'

툭. 툭.

2루 베이스 위에 올라선 박건이 헤드퍼스트슬라이딩을 감행하느라 유니폼에 묻은 흙을 털며 물었다.

"구종은 뭐였습니까?"

이용운의 대답이 돌아왔다.

"내 예측이 언제 틀린 적 있냐?"

"포크볼이었습니까?"

"맞다. 포수가 한 번에 포구하지 못해서 송구조차 못 해봤지."

"그렇군요."

박건이 상황을 이해했을 때, 이용운이 말했다.

"이번에는 머뭇거리지 마라."

제10장

"그러죠. 다음에는……"

무심코 대답하던 박건이 도중에 말을 멈추었다.

뭔가 이상함을 느꼈기 때문이었다.

'다음이 아니라… 이번이라고?'

이미 도루를 성공시킨 후였다.

'말이 헛나온 건가?'

그래서 박건이 막 이렇게 판단한 순간이었다.

"준비해라."

이용운이 재촉했다.

"뭘 준비하라는 겁니까?"

"이제 3루 베이스를 훔칠 준비를 해야지."

'말이 헛나왔던 게 아니다.'

이용운이 당연하다는 듯이 말하는 것을 듣고서 박건이 뒤늦게 그 사실을 깨달았다.

"왜 또 도루를 시도하라는 겁니까?"

"기회가 많지 않으니까. 그러니 운이 아니란 걸 증명해야지."

이번 도루 성공이 우연이 아니었다는 것을 내친김에 3루 베이스까지 훔쳐서 관중석에서 지켜보고 있는 송이현 단장과 제임스 윤에게 증명해 보여라.

이용운의 말속에 담긴 뜻이었다.

"너무 위험하지 않을까요?"

박건이 조심스럽게 물었다.

"왜 위험하다고 생각하는 거냐?"

"상무 팀 배터리가 도루를 의식하고 있을 테니까요."

이미 한 차례 도루를 성공시킨 후였다.

그런 만큼 도루를 허용한 상무 팀 배터리는 잔뜩 신경을 곤두세우고 있을 시점.

그런데 연거푸 도루를 시도하는 것은 너무 무모하단 생각이 들었다.

그렇지만 이용운의 생각은 달랐다.

"물론 의식하고 있을 것이다. 다음에는."

"……?"

"현재 상무 팀 배터리는 아까 너와 똑같이 생각하고 있을 확률이 높다."

"그게… 무슨 뜻입니까?"

"이번에는 머뭇거리지 마라. 아까 내가 이렇게 말했을 때, 내가 말이 헛나왔다고 생각하지 않았느냐?"

"그랬습니다."

"상무 팀 배터리도 비슷한 생각을 하고 있다는 뜻이다. 이번이 아니라 다음에는 도루를 조심해야겠다. 이렇게 생각하고 있는 거지."

"방심의 허를 찌르자는 뜻이로군요."

"이제야 말뜻을 알아들었구나."

무모한 시도에서 해볼 만한 모험으로.

박건의 생각이 바뀌었다.

'제한된 기회 안에서 최대한 많은 것을 보여주는 것이 필요하지 않을까?'

이것이 박건의 생각이 바뀐 결정적인 계기였다.

"언제 스타트를 끊을까요?"

"지금."

"지금…요?"

"그래. 방심의 허를 찌를 거면 제대로 찔러야지."

'이게 맞나?'

잠시 그런 생각이 들었지만, 박건은 이내 그 생각을 털어냈다.

'에라, 모르겠다.'

타다다닷.

이혜준이 투구 동작에 들어간 순간, 박건이 스타트를 끊었다.

그 순간, 박건의 움직임을 확인한 포수가 황급히 손짓했다.

포수의 손짓을 본 이혜준이 투구 동작에서 발을 빼며 몸을 돌렸다.

쐐액.

이혜준이 빙글 몸을 돌리며 2루로 송구하는 것을 확인한 박건의 표정이 구겨졌다.

'걸렸다.'

박건이 3루를 향해 달려가던 것을 멈추고 엉거주춤하게 서 있을 때였다.

"투수 보크!"

주심이 보크를 선언했고, 그제야 박건이 안도했다.

'화가 복이 되어 돌아왔다.'

3루 베이스를 훔치기 위한 너무 무리한 시도가 화가 됐다고 생각했는데, 오히려 복이 된 셈이었다.

보크가 선언된 덕분에 천천히 걸어서 3루에 도착한 박건이 이혜준을 살폈다.

도루에 이어 보크까지 허용하면서 박건에게 3루를 허용한 이혜준의 얼굴은 벌겋게 달아올라 있었다.

'흥분했어.'

박건이 이렇게 판단한 순간이었다.

슈아악.

이혜준이 투구했다.

따악.

그리고 한성 비글스의 4번 타자 김병호는 제구가 되지 않으며 한복판으로 들어온 실투를 놓치지 않고 우전안타를 만들어 냈다.

그사이 3루 주자인 박건이 홈으로 들어오면서 한성 비글스가 선취점을 뽑아냈다.

*　　　*　　　*

"박건이 만들어낸 점수입니다."

제임스 윤이 빙그레 웃으며 꺼낸 말을 들은 송이현이 수긍했다.

2사 후에 안타를 치고 출루했던 박건은 2루 도루에 성공했을 뿐더러, 투수의 보크까지 유도해 내며 3루에 도착했다.

만약 박건이 1루에 머물렀다면?

김병호가 안타를 때려냈더라도 득점을 올리지 못했을 것이었다.

그렇지만 송이현의 표정은 밝아지지 않았다.

2루 도루 성공에 이어 3루 도루 시도까지.

박건의 베이스러닝이 무모하게 느껴질 정도로 너무 과감했다는 생각이 들어서였다.

"솔직히 말하면 의욕이 과한 플레이처럼 느껴졌어요."

그래서 송이현이 입을 떼자, 제임스 윤이 물었다.

"어떤 플레이를 말하는 겁니까?"

"2루 도루 시도까지는 해볼 만한 시도였다고 생각해요. 후속 타자가 단타를 때렸을 때, 득점을 올릴 수 있는 기회가 생기니까요. 그렇지만 3루 도루를 시도했던 것은 아무래도 오버 페이스였다고 생각해요. 2사 후인 상황이니까 2루에 있어도 단타가 나왔을 때, 홈에서 세이프가 될 가능성이 높았으니까요."

송이현이 의견을 꺼낸 순간, 제임스 윤이 고개를 흔들었다.

"박건이 3루 도루를 시도해서 투수인 이혜준의 보크를 유도해 냈기 때문에 한성 비글스가 득점을 올릴 수 있었던 겁니다."

그의 목소리는 단호했다.

그렇지만 송이현은 순순히 수긍하기 어려웠다.

"결과적으로는 김병호 선수가 안타를 때려냈어요. 박건 선수가 2루에 머물고 있었어도 득점을 올릴 수 있었을 거예요."

해서 송이현이 반박하자, 제임스 윤은 또 한 번 고개를 흔들 었다.

"결과론적 이야기일 뿐입니다. 과정을 보면 다른 것이 보이죠."

"내가 뭘 놓쳤다는 거죠?"

"박건이 3루 도루를 시도하는 과정에서 이혜준은 보크를 범했습니다. 1루 주자였던 박건에게 3루까지 허용하는 과정에서 이혜준은 당황했고, 또 흥분했습니다. 흥분한 상태의 이혜준은 제구 미스를 범했고, 실투로 연결됐던 거죠. 그로 인해 김병호가 안타를 기록할 수 있었으니, 결과적으로는 박건이 만들어낸 득점이라고 표현했던 겁니다."

제임스 윤의 이야기는 일리가 있었다. 그래서 송이현이 천천히 고개를 끄덕일 때였다.

"매력 있네요."

제임스 윤이 두 눈을 빛내며 말했다.

"누구요? 박건 선수요?"

"마치 백전노장처럼 야구를 알고 합니다. 그리고… 저와 캡틴이 본인을 주시하고 있다는 사실도 알고 있습니다."

"확실한가요?"

"네, 잇따라 도루 시도를 하면서 상무 팀의 선발투수인 이혜준을 흔든 것을 보면 알 수 있죠."

"……?"

"지난 경기에서 본헤드성 플레이였던 주루사를 우리가 봤던 것이 마음에 걸렸을 겁니다. 그래서 오늘 적극적인 베이스러닝을 통해 어필하고 있는 거죠."

"어필…요?"

"지금 박건 선수는 캡틴에게 어필하고 있는 겁니다. 날 어서 청우 로열스로 데려가 달라고 말입니다."

제임스 윤이 웃으며 덧붙였다.

"이제 캡틴이 결정을 내릴 시기가 점점 다가오고 있습니다."

*　　　　*　　　　*

1—6.

8회 초가 끝났을 때의 스코어였다.

이미 승부의 추가 기울어진 상황.

박건이 8회 말 수비를 위해서 그라운드로 달려갈 때, 이용운이 말했다.

"할 만큼 했다. 이 정도면 성공적인 쇼케이스였다."

그렇지만 박건은 고개를 흔들었다.

"아직 부족합니다."

3타수 1안타.

오늘 경기 세 차례 타석에 들어섰던 박건은 하나의 안타만 기록했다.

나머지 두 타석에서는 범타로 물러났다.

그렇지만 삼진을 당하며 허무하게 타석에서 물러나지는 않았다.

비록 범타로 물러나긴 했지만, 박건이 때린 타구들은 모두 배트 중심에 잘 맞은 정타였다.

다만 야수 정면으로 향했기에 안타가 되지 못했던 것이었다.

"더 보여줄 게 남았습니다. 수비요."

"수비?"

"제가 가진 것을 하나라도 더 보여주고 싶습니다. 그래야만 청우 로열스로 이적한다고 하더라도 1군 무대에서도 기회를 더 얻을 수 있을 테니까요."

'승부욕이 있네.'

박건의 이야기를 들은 이용운이 흐뭇한 미소를 머금었다.

아까 할 만큼 했다고 이야기했던 것.

빈말을 했던 것이 아니었다.

'박건은 이미 송이현 단장과 제임스 윤 팀장의 마음을 사로잡는 데 성공했다.'

이렇게 판단을 내렸기 때문에 했던 말이었다. 그러나 박건은 만족하지 않았다.

여전히 보여준 것이 부족하다고 판단하고 있었다. 그리고 본인이 가진 장점을 하나라도 더 보여주려 최선을 다하고 있었다.

'내가… 틀렸네.'

이용운이 쓴웃음을 머금었다.

평범한 내야땅볼을 때린 타자가 1루에서 아웃이 될 것을 뻔히 알면서도 전력 질주를 하는 이유.

만의 하나라는 가능성이 남아 있기 때문이다.

단순히 요행을 바라는 것이 아니었다.

내야땅볼을 때린 타자가 전력 질주를 하면 수비수 입장에서는 타구 처리와 송구에 부담을 느낄 수밖에 없다.

그 부담은 결국 실책으로 이어질 때가 종종 존재했다.

즉, 최선을 다하는 플레이가 종종 예기치 못한 결과를 만들어 내는 것이었다.

'내가 틀렸고, 이 녀석이 맞았어.'

자신이 틀렸다는 것을 인정했음에도 기분이 나쁘지 않았다.

오히려 흐뭇한 느낌이 들었을 때였다.

따악.

경쾌한 타격음이 흘러나왔다.

좌중간을 꿰뚫은 타구는 펜스까지 굴러갔다.

"내가 잡는다고 외쳐!"

박건의 청력에 이상이 생기면서 가장 큰 문제가 되는 것 중하나가 콜플레이.

여기서 또 콜플레이 미스를 하면 다 된 밥에 재 뿌리는 격이라고 판단한 이용운이 재촉했다.

"내가 더 빨라. 내가 잡을게."

이용운의 지시대로 소리친 박건이 타구를 향해 다가갔다.

중견수보다 더 빨리 타구를 잡아낸 순간, 박건이 타자주자의 위치를 살폈다.

2루에서 멈추지 않고 3루를 향해 내달리고 있는 타자주자를 확인한 박건이 3루로 송구했다.

쉬이익.

날카로운 파공음을 일으키며 쭉 뻗어간 송구는 노바운드로 3루수가 앞으로 내밀고 있던 글러브 속으로 빨려 들어갔다.

"아웃!"

타자주자를 잡아낸 강하고 정확한 박건의 송구를 확인한 이용운이 감탄했다.

'이렇게 썩히기에는 확실히 아까운 어깨야.'

이용운이 1루 측 관중석으로 고개를 돌렸다.

강하고 정확한 송구에 감탄한 걸까.

박수를 치고 있는 제임스 윤을 발견한 이용운의 입가로 미소가 번졌다.

"게임 오버."

*   *   *

9회 초 한성 비글스의 공격.

마운드에는 여전히 이혜준이 서 있었다.

'한 번 더 타석에 설 기회가 올까?'

더그아웃에 앉아 있던 박건이 속으로 생각했다.

8번 타자부터 시작하는 한성 비글스의 9회 초 공격.

한 번 더 타석에 설 기회가 찾아오기를 내심 바라고 있었지만, 그게 박건의 뜻대로 되는 것은 아니었다.

앞선 타자들이 출루해야만 박건에게 다시 타석에 설 기회가 찾아오는 것이었다.

물끄러미 그라운드를 응시하던 박건의 생각이 첫 타석으로 문득 되돌아갔다.

'아직 이유를 못 들었구나.'

첫 타석을 떠올리던 박건이 입을 뗐다.

"첫 타석에서 이혜준이 초구에 이어 2구도 바깥쪽 낮은 코스의 직구를 구사할 거라고 예측하셨습니다."

"그랬지."

"그렇게 예측하셨던 이유가 뭡니까?"

"후배가 주심에게 어필했기 때문이다."

박건이 의아한 표정을 지었다.

본의 아니게 주심에게 스트라이크 판정에 대해 어필을 하기는 했었다.

그런데 그게 이혜준이 2구도 바깥쪽 낮은 코스의 직구를 던진 것과 어떤 연관이 있는지 파악하기 어려웠기 때문이었다.

그때, 이용운이 설명을 더했다.

"아직 경기 초반이었다. 이혜준의 입장에서는 주심의 스트라이크존을 파악하는 것이 중요한 시점이었지. 그런데 후배가 바깥쪽 낮은 코스의 직구에 주심이 스트라이크 판정을 한 것에 대해서 어필을 했지. 그 모습을 지켜보고 난 후, 이혜준은 주심의 스트라이크존이 변했는지 확인하고 싶었을 것이다. 또, 어느 범위까지 주심이 스트라이크로 판정해 주는지 확인해 보고 싶었을 거야. 그래서 초구로 던진 바깥쪽 낮은 코스의 직구보다 공반 개 정도 더 빠진 직구를 던질 거라 예측했던 거지."

'그랬구나!'

박건이 힘껏 고개를 끄덕였다.

이용운의 볼배합 예측.

대충 예측하는 법이 없었다.

정확한 근거를 바탕으로 볼배합을 예측해서 적중시키고 있었다.

그래서 박건이 내심 감탄하고 있을 때였다.

딱!

둔탁한 타격음이 흘러나왔다.

오늘 경기 한성 비글스의 1번 타자로 출전한 우상욱이 때린 타구는 앞으로 뻗지 못하고 뒤로 떠올랐다.

포수가 낙구 지점을 예측하고 미리 도착해서 잡아내면서 경기는 종료됐다.

"끝났구나."

그 모습을 지켜본 이용운이 말했다.

'결국 기회가 돌아오지 않았구나.'

타석에 한 차례 더 들어설 기회가 찾아오지 않은 것으로 인해 박건이 아쉬운 기색을 드러내고 있을 때였다.

"한성 비글스 소속 선수로 마지막 경기를 뛴 소감이 어떠냐?"

이용운이 불쑥 물었다.

'마지막?'

놀란 표정을 짓고 있던 박건이 일어서서 그라운드로 천천히 걸어 나갔다.

*　　　　*　　　　*

"아깝다."

경기가 종료된 순간, 천우종이 입을 뗐다.

최종 스코어 1—6.

일찌감치 승부의 추가 기울었고, 이혜준에게 완투패까지 허용한 상황이었다.

그러니 천우종이 아깝다고 표현한 것은 패배한 경기 결과가 아니었다.

천우종의 시선이 향한 곳은 박건이었다.

3타수 1안타, 1득점.

오늘 경기에서 박건이 남긴 성적이었다.

멀티히트 경기 행진이 아깝게 깨지기는 했지만, 박건은 오늘 경기에서도 수준급 투수인 이혜준을 상대로 안타를 빼앗아냈다.

또, 범타로 기록된 나머지 두 타석에서도 배트 중심에 맞는 정타를 생산해 냈다.

다만 야수 정면으로 향했기 때문에 안타로 기록되지 못한 것뿐이었다.

말 그대로 절정의 타격감.

"2군에 계속 머물기는 아까워."

천우종이 박건에게 안타까운 시선을 던졌다.

만약 기회가 주어진다면 1군에서도 제 몫을 해낼 능력을 박건은 갖추고 있었다.

현재 한성 비글스 1군 타자들의 타격감이 극심한 침체에 빠져 있는 상황이기 때문에 박건의 1군 합류는 분명히 활력소가 될 것이었다.

그래서 양두호 감독에게 박건의 1군 콜업에 대한 이야기를 꺼냈었다. 그러나 양두호 감독은 딱 잘라 박건의 1군 콜업은 불가하다고 말했다.

팀 사정상 좀 더 기다리란 뜻이 아니었다.

양두호 감독은 자신이 감독으로 자리를 지키고 있는 한 박건의 1군 합류는 절대 없을 거라고 말했다.

"박건의 말이 사실이었어."

천우종이 한숨을 내쉬었다.

양두호 감독을 설득하기 위해서 노력해 봤지만, 허사였다.

단단히 미운털이 박혔기 때문일까.

양두호 감독은 천우종의 이야기를 제대로 들으려고 하지도 않았다.

"제가 한 노력이 헛되지 않다는 것을, 또 제가 가진 실력이 통한다는 것을 증명하고 싶습니다. 1군 무대에서 뛸 수 있는 기회를 열어주십시오."

자신과 독대할 당시, 박건이 간곡히 부탁하던 것이 떠올라서 재차 한숨을 내쉬던 천우종이 두 눈을 가늘게 좁혔다.

"송이현 단장이로군."

경기가 끝난 그라운드로 걸어 들어오는 젊은 여성은 청우 로열스의 신임 단장인 송이현이었다.

그녀를 발견한 천우종이 의아한 표정을 지었다.

한성 비글스와 상무의 경기가 열린 경기장에 청우 로열스 팀의 단장인 송이현이 나타난 것이 뜻밖이었기 때문이다.

잠시 후, 천우종이 두 눈을 빛냈다.

송이현 단장이 박건의 앞으로 다가가서 얘기를 나누는 모습을 발견했기 때문이었다.

"왜 박건과 대화를 나누는 거지?"

흥미로운 시선을 던지던 천우종의 머릿속에 하나의 단어가 떠올랐다.

'트레이드?'

         *   *   *

"잠깐 얘기 좀 할 수 있을까요?"

송이현 단장이 다가와 대화를 청한 순간, 박건이 헛숨을 들이켰다.

그녀가 자신의 앞으로 다가와 먼저 대화를 요청한 것에 놀랐기 때문은 아니었다.

"한성 비글스 소속 선수로 마지막 경기를 뛴 소감이 어떠냐?"

아까 이용운이 했던 말이 귓가에 되살아났기 때문이었다.

진짜 한성 비글스 유니폼을 입고 뛴 마지막 경기일 수도 있다는 생각이 들었기 때문에 감정이 격해졌던 것이었다.

그때였다.

"제 소개부터 하죠. 저는 청우 로열스 단장을 맡고 있는……."

"알고 있습니다. 송이현 단장님이시죠."

박건이 대답하자, 송이현이 다른 말을 꺼냈다.

"그럼 내가 박건 선수를 찾아온 이유도 짐작할 수 있나요?"

"네. 제게 관심이 있어서가 아닙니까?"

"인정하죠. 박건 선수에게 관심이 있어요."

송이현이 두 눈을 빛내며 인정한 순간이었다.

"확인해 봐."

이용운이 끼어들었다.

"뭘 확인해 보란 겁니까?"

박건이 작은 목소리로 묻자, 이용운이 대답했다.

"후배에게 얼마나 관심이 있는지, 또, 후배를 얼마나 간절히 원하고 있는지를 송이현 단장에게 확인해 보란 뜻이다."

"그걸 어떻게 확인할 수 있습니까?"

"참 답답하다."

"……?"

"하나부터 열까지 다 알려줘야 해?"

핀잔을 건네던 이용운이 한숨과 함께 다시 입을 뗐다.

"송이현 단장이 지금 후배를 청우 로열스로 영입하고 싶다면 사용할 수 있는 방법이 뭐가 있을까?"

"가장 일반적인 방법은 트레이드죠."

"잘 알고 있네. 그럼 후배를 영입하기 위해서 송이현 단장이 한성 비글스에 제안하려는 트레이드 카드가 있을 것 아냐?"

"그렇겠죠."

"송이현 단장이 염두에 두고 있는 트레이드 카드가 누군지 물어보면 후배를 얼마나 간절히 원하는지 알 수 있을 것 아냐?"

비로소 말뜻을 이해한 박건이 고개를 들었다. 그런 박건의 눈에 의아한 시선을 던지고 있는 송이현이 보였다.

"뭐 하세요?"

"네?"

"꼭 누구와 얘길 하는 것 같아서 물어본 겁니다."

'아!'

송이현이 빤히 바라보고 있는 이유를 알아챈 박건이 머리를 긁적이며 변명을 꺼냈다.

"혼잣말을 하는 게 습관입니다. 경기 중에 더 잘해야 한다고 각오를 다지기 위해서 혼잣말을 중얼거리는 경우가 많은데, 그게 저도 모르는 사이 습관이 됐습니다."

"그렇군요."

다행히 송이현은 더 의심하거나 캐묻지 않았다.

그사이 박건이 서둘러 화제를 돌렸다.

"질문이 하나 있습니다."

"어떤 질문이죠?"

"송이현 단장님이 염두에 두고 계신 트레이드 카드를 알 수 있습니까?"

*   *   *

"트레이드… 카드요?"

박건이 질문한 순간, 송이현 단장은 당황한 기색이 역력했다.

"갑자기 왜 그런 질문을 던진 거죠?"

"아까 제게 관심이 있다고 인정하셨지 않습니까?"

"……?"

"인간 박건에게는 관심이 없을 테니, 선수 박건에 관심이 있는 것이라고 판단했습니다. 그리고 청우 로열스로 저를 영입할 수 있는 가장 현실적인 방법은 트레이드입니다. 그래서 송이현 단장님께서 염두에 두고 계신 트레이드 카드가 있을 거라고 판단하고 이런 질문을 드린 겁니다."

박건이 설명을 마친 순간, 송이현의 입가로 미소가 번졌다.

"방금 생각이 바뀌었어요."

"어떻게 바뀌었다는 겁니까?"

"선수 박건에게만 관심이 있었는데, 직접 만나고 나서 인간 박건에게도 관심이 생기기 시작했다는 뜻이에요."

'무슨 뜻이지?'

박건이 고개를 갸웃하고 있을 때였다.

"기왕 이렇게 된 김에 속내를 툭 털어놓고 말해볼까요? 맞아요. 저는 박건 선수를 청우 로열스로 영입하고 싶다는 욕심을 품었어요. 박건 선수에게서 우리 팀에 큰 도움이 될 수 있을 거라는 가능성을 엿봤거든요. 그래서 트레이드를 요청할 생각입니다. 그리고 제가 염두에 두고 있는 트레이드 카드는… 임지섭 선수입니다."

송이현에게서 대답이 돌아온 순간, 박건이 두 눈을 치켜떴다.

임지섭은 청우 로열스 팀의 타자였다.

6번 타자 겸 좌익수로 활약하고 있는 선수.

현재 청우 로열스 팀에서는 핵심 자원으로 분류되고 있었다.

그런 임지섭 선수를 트레이드 카드로 사용하려고 했다는 송이현의 대답이 박건을 놀라게 만든 것이었다.

"저에 대해 너무 과……."

그래서 박건이 막 입을 뗀 순간이었다.

"절실함이 느껴지지 않는다."

잠자코 대화에 귀를 기울이고 있던 이용운이 끼어들었다.

그렇지만 박건은 그 말이 이해가 가지 않았다.

임지섭은 청우 로열스의 핵심 자원으로 분류되는 선수.

자신을 청우 로열스로 영입하기 위해서 임지섭을 트레이드 카드로 사용할 생각이라는 송이현 단장의 이야기를 듣고 박건은 놀랐다.

그래서 아까 자신을 너무 과대평가하고 있는 것이 아니냐는 말을 꺼내려고 했던 것이었고.

그런데 이용운의 생각은 달랐다.

"그게 무슨 뜻입니까?"

"트레이드 카드가 너무 약하단 뜻이다."

"하지만……."

"임지섭의 통산 타율은 2할대 후반이다. 그렇지만 지난 시즌에는 2할대 중반에 머물렀지. 그리고 올 시즌에는 2할대 초반의 빈타에 허덕이고 있다. 게다가 임지섭은 이미 나이가 서른이 넘었다. 한마디로 퇴물이란 뜻이지."

"퇴물…요?"

"표현이 너무 과했나? 그럼 빛 좋은 개살구라고 표현하면 적당하겠군. 이게 내가 트레이드 카드가 약해서 후배를 영입하려는 절실함이 느껴지지 않는다고 평가했던 이유다."

이용운의 설명을 듣고 나서 박건의 생각이 바뀌었을 때였다.

"송이현 단장이 후배를 얼마나 간절히 원하고 있는지 다시 한번 확인해 봐라."

"어떻게요?"

"트레이드 카드로 어떤 선수까지 내놓을 수 있는지 물어보란 뜻이다."

박건이 작게 고개를 끄덕인 후, 송이현을 바라보았다.

"저에 대해 너무… 과소평가하시는군요."

"과소평가를 하고 있다고요?"

"임지섭 선수를 트레이드 카드로 사용해서는 저를 청우 로열스로 영입하는 것이 불가능할 겁니다."

박건이 힘주어 말하자, 송이현이 미간을 좁혔다.

"본인을 너무 과대평가하고 있는 것 아닌가요?"

그녀가 못마땅한 목소리로 질문한 순간, 박건이 움찔했다.

정곡을 찔렸기 때문이었다.

그때, 이용운이 다시 충고했다.

"세게 나가."

"……?"

"목마른 사람이 우물을 파는 법이고, 지금 더 목이 마른 건 송이현 단장이니까."

"정말… 그럴까요?"

"내 말이 언제 틀린 적이 있었냐?"

이용운의 말대로였다.

그동안 그가 한 예측들은 대부분 적중했다. 그래서 박건이 아랫배에 힘을 주고 다시 송이현 단장과 대화를 이어나갔다.

"제 말을 못 믿으시겠으면 직접 확인해 보셔도 됩니다. 임지섭 선수를 트레이드 카드로 활용해서는 저를 청우 로열스로 영입하기 힘들 겁니다."

"왜 그렇게 판단하죠?"

"마경 스왈로우스를 비롯해서 몇 팀이 저를 영입하는 데 관심이 있다는 이야기를 전해 들었거든요."

"……."

"요새 제 활약이 나쁘지 않았나 봅니다."

박건이 말을 마친 순간, 이용운이 서둘러 물었다.

"진짜냐?"

"당연히 거짓말이죠."

"거짓말…이라고?"

"아까 세게 나가라면서요? 그래서 한번 세게 나가본 겁니다."

"야, 내가 세게 나가라고 했지, 구라를 치라고 한 건……."

이용운이 말을 하던 도중에 입을 다물었다.

송이현이 입을 뗐기 때문이었다.

"윤진규."

"……?"

"박건 선수를 청우 로열스로 영입하기 위해서 윤진규 선수를 트레이드 카드로 활용할 생각까지 갖고 있어요."

'윤진규?'

박건이 놀란 표정을 지었을 때, 이용운이 소리쳤다.

"헐, 대박!"

＊　　＊　　＊

윤진규의 수비 포지션은 포수였다.

현재는 청우 로열스의 백업 포수 역할을 맡고 있었다.

"타격에 문제가 있지만, 수비는 좋은 편이다. 특히 도루 저지와 투수 리드가 뛰어나다."

이것이 윤진규에 대한 세간의 평가였다. 그리고 현재 KBO 리그는 극심한 포수난을 겪고 있었다.

좋은 포수는 드물었고, 그래서 귀한 대접을 받는 편이었다. 그리고 윤진규는 나이가 스물셋에 불과했다.

이미 안정적인 수비 능력을 갖추고 있는 만큼, 타격 능력만 보완한다면 향후 십 년간 팀의 안방을 책임질 수 있는 유망주였다.

그런 윤진규를 박건을 영입하기 위한 트레이드 카드로 사용할 생각을 갖고 있다는 송이현의 대답.

이용운조차도 예상하지 못했던 것이었다.

'이 정도였어?'

윤진규를 트레이드 카드로 활용할 생각이 있다는 것.

박건을 청우 로열스로 영입하려는 송이현 단장의 의지가 무척 강하고 간절하다는 증거였다.

막연히 짐작했던 것보다 박건을 영입하려는 의지가 훨씬 더 강하다는 사실을 알게 된 이용운이 고민에 잠겼다.

'송구 때문인가?'

잠시 후, 이용운이 떠올린 것은 박건이 오늘 경기 중에 보여주었던 수비 장면이었다.

좌중간을 꿰뚫은 장타가 나왔을 때, 타자주자는 2루에서 멈추지 않고 3루까지 욕심을 냈다.

그것을 간파한 박건은 정확하고 강한 송구로 타자주자를 3루에서 잡아냈다.

강한 어깨를 과시한 호수비.

그 호수비가 송이현 단장과 제임스 윤에게 강한 인상을 남겼기 때문에 더욱 영입 의지가 강해졌으리라.

"아직 부족합니다. 더 보여줄 게 남았습니다. 수비요. 제가 가진 것을 하나라도 더 보여주고 싶습니다. 그래야만 청우 로열스로 이적한다고 하더라도 1군 무대에서도 기회를 더 얻을 수 있을 테니까요."

이 정도면 충분하다고 이용운이 말했을 때, 박건이 했던 대답이었다. 그리고 박건은 마지막까지 최선을 다했다.

결과적으로는 그 최선을 다한 플레이가 박건의 가치를 높인 셈이었다.

그리고 박건의 가치가 짐작했던 것 이상으로 상승했다는 것을 간파한 이용운이 두 눈을 빛냈다.

'협상할 맛이 나네.'

이렇게 판단하며 이용운이 입을 뗐다.

"송이현 단장에게 기회를 줘라."

"무슨 기회요?"

"윤진규를 아낄 수 있는 기회. 송이현 단장은 청우 로열스 팀을 재편하려고 하는 중이다. 그리고 팀을 재편하는 과정에서 송이현 단장이 활용할 수 있는 방법은 트레이드다. 성공적인 트레이드를 위해서는 총알이 필수적이지."

이용운이 말한 총알은 트레이드 카드를 의미했다.

얼마나 괜찮은 트레이드 카드를 꺼내놓느냐에 따라서 트레이드 성사 여부가 갈리기 마련이었다.

그런 만큼, 송이현 단장이 이번에 윤진규라는 트레이드 카드를 아낀다면 또 다른 선수를 트레이드로 영입하는 데 큰 도움이 될 터.

이용운은 그 기회를 주려는 것이었다.

그때였다.

"윤진규 선수는 필요 없습니다."

박건이 말했다.

"윤진규 선수가 한성 비글스 팀에 필요하지 않다는 뜻인가요?"

"그런 뜻이 아닙니다. 저를 청우 로열스로 영입하는 데 윤진규 선수를 트레이드 카드로 활용할 필요가 없다는 뜻입니다."

"······?"

"트레이드가 아닌 다른 방법이 있으니까요."

"어떤 방법이죠?"

송이현이 질문한 순간, 이용운이 재빨리 나섰다.

"시기상조다."

"네?"

"웨이버공시를 통해 청우 로열스로 이적할 수 있다는 사실을 알려주는 것. 지금은 때가 아니라는 뜻이다."

"그럼 언제 알려줄까요?"

"계약서를 작성하겠다는 약속을 받고 알려줘야지."

"계약서요?"

박건이 영문을 모르겠다는 표정으로 물은 순간, 이용운이 대답했다.

"만의 하나의 가능성도 대비해야지."

"만의 하나의 가능성이오?"

"최악의 경우에는 낙동강 오리알이 될 수도 있다. 일단 그 최악의 경우를 배제하자는 것이다."

웨이버공시로 풀릴 경우, 선수에게는 일주일의 시간이 주어진다.

일주일의 시간 동안 타 팀과 협상을 해서 영입 제안을 받아야만 올 시즌 남은 경기에 출전할 수 있는 것이었다.

물론 청우 로열스의 송이현 단장은 박건에 대한 영입 의지가 강했다.

그렇지만 모종의 이유로 송이현 단장의 마음이 바뀐다면?

그래서 박건의 영입을 포기한다면?

박건은 끈 떨어진 연 신세가 돼서, 올 시즌을 그냥 허무하게 날리는 최악의 상황에 처하게 되는 것이었다.

무척 희박한 확률이었지만, 사람의 인생은 모르는 것이었다.

그래서 이용운이 계약서를 작성하자고 제안한 것이었다.

그리고 하나 더.

이용운은 윤진규라는 유망주 포수를 아낄 수 있도록 만들어 준 대가를 송이현 단장에게서 받고 싶었다.

잠시 후 이용운이 말했다.

"옵션 계약이 포함된 계약서를 작성하자고 제안해."

*   *   *

한성 비글스 2군 감독실.

박건이 문 앞으로 다가갔다.

똑똑.

"들어와."

노크를 하자, 바로 천우종 감독의 목소리가 들려왔다.

"찾으셨습니까?"

감독실 안으로 들어간 박건이 인사하자, 천우종 감독이 소파를 권했다.

"앉아. 확인하고 싶은 게 있어서 불렀어."

천우종 감독이 권한 소파에 앉자마자, 그가 물었다.

"청우 로열스 송이현 단장과 만났지?"

"네, 그렇습니다."

"무슨 일 때문에 만났지? 혹시 트레이드 제안을 하던가?"

박건이 송이현 단장을 만난 것을 목격한 상황.

그리고 송이현 단장이 한성 비글스와 상무의 퓨처스 리그 경기가 열리는 구장에 찾아온 것을 이미 알고 있는 상황이었다.

그래서 천우종 감독은 바로 본론으로 들어갔다.

"트레이드 제안은… 없었습니다."

잠시 후, 박건이 대답했다.

'양심에 찔리네.'

방금 박건이 꺼낸 대답은 거짓말이었다.

송이현 단장을 만났던 박건은 트레이드에 관해서 대화를 나누었으니까.

그럼에도 불구하고 거짓말을 한 이유는 이용운의 충고 때문이었다.

"이제 네 소속 팀은 한성 비글스가 아니라 청우 로열스이다. 네게 제대로 된 기회조차 주지 않았던 팀에게 보답할 필요는 없잖아?"

이용운의 충고가 옳았다.

만약 트레이드를 통해서 팀을 옮긴다면?

청우 로열스의 송이현 단장은 트레이드 카드를 사용할 수밖에 없었다.

송이현 단장 입장에서는 박건이 웨이버공시가 된 후에 영입

의향을 밝혀서 청우 로열스로 영입하는 것이 최선이었다. 그리고 박건에게도 마찬가지였다.

'리그 우승을 위해서는 청우 로열스의 전력 누수를 막는 게 좋으니까.'

거기까지 생각이 미친 순간, 송이현 단장과 나누었던 대화가 떠올랐다.

*   *   *

"박건 선수가 방금 말했던 다른 방법이 대체 뭐죠?"

박건이 청우 로열스로 팀을 옮기는 방법이 트레이드 외에 또 있다고 알려준 순간, 송이현 단장은 흥미를 드러냈다.

그렇지만 박건은 바로 대답하는 대신, 다른 이야기를 꺼냈다.

"계약서를 작성하고 싶습니다."

"무슨 계약서요?"

"저를 꼭 청우 로열스로 영입하겠다는 약속을 받아두고 싶은 겁니다."

박건이 설명하자, 송이현 단장은 이해를 못 하겠다는 표정을 지은 채 입을 뗐다.

"박건 선수를 영입하기 위해서 윤진규 선수를 트레이드 카드로 사용할 생각까지 갖고 있다, 아까 제 입으로 분명히 이렇게 말했어요. 그게 박건 선수를 우리 팀에 영입하려는 제 의지가 아주 강하다는 증거죠. 그런데 뭐가 더 필요한가요?"

"필요합니다."

"왜죠?"

"상황이 달라지니까요."

영문을 모르겠다는 표정을 짓고 있는 송이현 단장을 바라보며 박건이 입을 뗐다.

"제가 곧 웨이버공시를 당할 겁니다."

"방금… 웨이버공시라고 했어요?"

"네. 맞습니다."

"잘됐네요."

송이현 단장의 표정이 눈에 띄게 밝아졌다.

그 표정 변화를 확인한 박건이 슬쩍 눈살을 찌푸렸다.

"잘됐다는 표현은 듣기 좀 그렇네요."

"왜요?"

"웨이버공시를 당한다는 건 정리해고를 당한 것이나 마찬가지이니까요."

당신은 한성 비글스 팀에 도움이 되지 않는다.

더 이상 팀에 도움이 되지 않는 당신에게 계속 연봉을 주고 싶지 않다.

웨이버공시에 담긴 의미였다.

일반 회사로 치자면, 정리해고를 당한 것이나 마찬가지였다.

그래서 박건이 씁쓸한 표정으로 입을 떼자, 송이현 단장이 미안한 표정을 지었다.

"내가 경솔했네요. 너무 기뻐서 무심코 나온 말이니 이해해 주세요."

송이현 단장이 정중하게 사과했다. 그리고 박건은 그녀가 기삐하는 이유를 능히 짐작할 수 있었다.

선수가 웨이버공시 된 경우, 선수를 영입하려는 타 구단은 선수의 잔여 연봉만 부담하면 됐다.

박건의 올해 연봉은 삼천오백만 원.

게다가 이미 시즌이 진행되고 있는 중이었다.

정확하지는 않지만 삼천만 원에 한참 못 미치는 잔여 연봉만 부담하고 박건을 청우 로열스로 영입할 기회가 생겼기 때문에 송이현 단장은 기쁜 기색을 감추지 못하는 것이었다.

그때였다.

"그럼 박건 선수가 원하는 것은 한성 비글스에서 웨이버공시로 풀렸을 때, 청우 로열스에서 영입하겠다는 약속을 해달라는 건가요?"

송이현 단장의 질문을 받은 박건이 고개를 끄덕이며 대답했다.

"맞습니다."

"그거야 당연히 해드릴······."

"그게 첫 번째 조건입니다."

"첫 번째 조건이오?"

"두 가지 조건이 더 있습니다."

예상치 못했던 전개이기 때문일까.

송이현 단장의 말문이 막힌 순간, 박건이 덧붙였다.

"아까 단장님께서는 저를 영입하기 위해서 윤진규라는 젊은 유망주 포수를 트레이드 카드로 사용할 의향이 있다고 말씀하셨습니다. 그렇지만 제가 웨이버공시로 풀리면, 단장님께서는 윤진규라는 젊은 유망주 포수를 아낄 수 있게 됩니다. 저는 그에 대한 보상을 받고 싶은 겁니다."

"일단 들어나 보죠. 어떤 조건이죠?"

"우선 1군에서 활약할 기회를 충분히 주겠다고 약속해 주시죠."

"그건 어렵지 않아요."

"……?"

"청우 로열스는 메이저리그 구단의 운영 방식을 표방하고 있는 만큼 단장인 제 권한이 크죠. 그건 제가 약속해 드릴 수 있습니다. 다음 조건은 뭐죠?"

"마지막 조건은 옵션 계약입니다."

"옵션 계약이라."

옵션 계약이란 단어를 연신 되뇌던 송이현 단장이 두 눈을 빛내며 입을 뗐다.

"자신이 있는가 보네요. 옵션 계약을 원하는 걸 보니."

"최선을 다할 겁니다."

"좋아요. 어떤 옵션 계약을 원하는 거죠?"

"우승 시 오억을 지급해 주십시오."

박건이 대답하자, 송이현 단장이 놀란 표정을 지었다.

"방금… 뭐라고 했어요?"

혹시 잘못 들은 게 아닐까?

이런 의심을 품은 송이현 단장이 다시 물었다.

"청우 로열스가 올 시즌 한국시리즈 정상에 등극할 경우, 제게 오억을 지급해 주시는 것이 제가 원하는 옵션입니다."

조금 전, 본인이 잘못 들은 게 아님을 알게 된 송이현 단장이 의아한 표정으로 물었다.

"왜 하필 그런 옵션 계약을 원하는 거죠?"

"인생은 모르니까요."

"무슨 뜻이죠?"

"청우 로열스가 올 시즌 한국시리즈에 진출해서 우승을 하는 기적이 벌어질 수도 있지 않습니까?"

"확률이 너무 낮지 않을까요?"

"자신 없으십니까?"

박건이 되묻자, 송이현 단장이 슬쩍 눈살을 찌푸렸다.

"자신이 없는 건 아니에요."

"그럼 조건을 수락하시는 겁니까?"

송이현 단장이 대답했다.

"조건을 받아들이죠."

『내 귀에 해설이 들려』 2권에 계속…